O Café dos Anjos

MAX LUCADO

COM ERIC NEWMAN & CANDACE LEE

O Café dos Anjos

Uma visita inesperada

Uma cidade transformada

Tradução de Lilian Jenkino

THOMAS NELSON
BRASIL®
Rio de Janeiro, 2025

Título original: *Miracle at the Higher Grounds Café*
Copyright © 2015 by Max Lucado
Edição original por Thomas Nelson, Inc. Todos os direitos reservados.
Copyright da tradução © Vida Melhor Editora LTDA., 2015

As citações bíblicas são da *Nova Versão Internacional* (NVI), da Biblica, Inc., a menos que seja especificada outra versão da Bíblia Sagrada.

Publisher	Omar de Souza
Editor de aquisição	Samuel Coto
Editor de conteúdo	Aldo Menezes
Coordenação de produção	Thalita Ramalho
Produção editorial	Luiz Antonio Werneck Maia
Tradução	Lilian Jenkino
Revisão de tradução	Fernanda Silveira
Revisão	Francine Ferreira de Souza e Samuel G. Santos de Lima
Diagramação	Julio Fado
Capa	Douglas Lucas

CIP-BRASIL. CATALOGAÇÃO NA PUBLICAÇÃO
SINDICATO NACIONAL DOS EDITORES DE LIVROS, RJ

L965c

Lucado, Max, 1955-
O café dos anjos / Max Lucado, Eric Newman, Candace Lee ; tradução Lilian Jenkino. - 1. ed. - Rio de Janeiro : Thomas Nelson Brasil, 2015.

Tradução de: Miracle at the Higher Grounds Café
ISBN 978.85.7860.728-9

1. Vida cristã. 2. Deus. 3. Fé. I. Newman, Eric. II. Lee, Candace. III. Jenkino, Lilian. IV. Título.

CDD: 248.4
CDU: 27-584

Thomas Nelson Brasil é uma marca licenciada à Vida Melhor Editora LTDA.
Todos os direitos reservados à Vida Melhor Editora LTDA.
Rua da Quitanda, 86, sala 601A – Centro – 20091-005
Rio de Janeiro – RJ – Brasil
Tel.: (21) 3175-1030
www.thomasnelson.com.br

Dedicatórias

De Max:
Para Tom e Susan — celebrando sua história de amor.

De Eric:
Para minha mãe e meu pai, por me criarem em um circo para evitar que eu fugisse de casa.

De Candace:
Aos meus pais, por sempre arranjarem tempo para brincar de faz de conta.

Agradecimentos

Meus sinceros agradecimentos à excepcional equipe editorial da Thomas Nelson, que ama histórias e ama compartilhá-las: Daisy Hutton, Ami McConnell, Katie Bond, Karli Jackson, Elizabeth Hudson, Kerri Potts, Jodi Hughes, Becky Monds, Amanda Bostic, Becky Philpott, Ansley Boatman e Kristen Ingebretson. Sou grato!

Max Lucado

Nota do Editor

Este romance é uma obra de ficção. Nomes, personagens, lugares e acontecimentos ou são produtos da imaginação do autor ou usados ficticiamente. Todos os personagens são ficcionais, e qualquer semelhança com pessoas vivas ou mortas é mera coincidência.

Capítulo 1

Com uma xícara de café, Chelsea Chambers ganhava o poder de dominar o mundo. E, às seis da manhã, ela já havia tomado várias. Quatro, para ser mais exato. Era o que exigia aquela manhã. Afinal, era o dia da grande reinauguração do café da família. A construção de dois andares acolhia os fregueses de um dos bairros mais antigos de San Antonio, o King William, havia décadas. Enquanto os arranha-céus irrompiam a alguns quilômetros a norte e a leste, aquela vizinhança mantinha, silenciosamente, o charme peculiar do mundo antigo. As janelas nos telhados. As nogueiras-pecãs. As casas com varandas de madeira. Aqueles lares descansavam à sombra de sedes de bancos e hotéis com trinta andares de altura.

Chelsea havia crescido naquele lugar. Sophia, sua avó empreendedora, tinha transformado o andar térreo de sua casa vitoriana em um café na mesma época da feira mundial de 1968. A Confluência das Civilizações nas Américas era o tema da feira, e Sophia Grayson honrara aquele vaticínio escancarando as portas para os clientes amantes de café vindos do mundo inteiro. Até mesmo Lady Bird Johnson havia visitado o café, foi o que dissera a vovó Sophia. "A primeira-dama sentada neste mesmo sofá, tomando um *cappuccino*!"

Chelsea olhou para o sofá floral estilo *Queen Anne* que permanecia no mesmo canto depois de todos aqueles anos. Cada canto e cada rachadura nele guardavam uma memória diferente. Quando Sophia se foi, Virginia, a mãe de Chelsea, assumira o café e seu legado de hospitalidade. Como Sophia fizera antes dela, Virginia também se deleitava em oferecer a seus clientes uma xícara de café reconfortante, uma fatia de bolo ou, quando a ocasião assim exigia, uma oração de encorajamento.

Agora era a vez de Chelsea. O plano era bem simples: habitar os poucos mais de cem metros quadrados do segundo andar e tocar a loja no térreo. Pelo menos era essa a expectativa de sua mãe quando deixou o café para Chelsea em testamento. Mas os tempos haviam mudado. As pessoas agora viviam ocupadas e os cafés estavam na moda. As lamparinas antigas, as almofadas afundadas, o chão de madeira e as delicadas mesas de chá do estabelecimento estavam muito distantes da estética moderna e popular das cafeterias especializadas, mas Chelsea esperava que seus clientes conseguissem apreciar aquela sugestão de tempos mais simples.

O relógio antigo, encostado no canto, soou às seis e meia, e Chelsea parou para dar mais uma olhada ao redor da loja. Um cardápio escrito a giz em uma lousa — meticulosamente caligrafado — pendia por sobre o balcão, e uma vitrine de vidro exibia o orgulho que vinha de dentro da despensa: *croissants* e *cupcakes* feitos com uma receita secreta. A porta vaivém azul atrás do balcão escondia uma cozinha brilhante. Chelsea sabia disso — pois já havia limpado o lugar dez vezes naquela manhã. Não havia mais nada a fazer.

Chelsea girou a fechadura e ligou o interruptor do sinal de neon em estilo retrô. "O Café dos Anjos está oficialmente aberto!", anunciava.

O nome da loja ecoava as aspirações da avó de Chelsea em ver seus clientes saírem com o espírito elevado. Chelsea muito apreciava aquele ideal ambicioso. Mas ela também esperava poder honrar tal objetivo.

— Você não está animado? — perguntou para seu único funcionário.

Tim balançou a cabeça e ficou mexericando no bigode. Aquele gesto não parecia muito higiênico, muito menos lembrava alguma comemoração. Pelo seu currículo, Tim era o funcionário perfeito. Recém-formado na Universidade do Texas, ele tinha aprendido a tirar um expresso perfeito durante um semestre em intercâmbio em Roma. Falava italiano e espanhol e jurava amar acordar cedo. Chelsea se arrepiava só de pensar em como ele ficaria ao meio-dia.

— Esse é um momento histórico! — ela disse, implorando por ver um pouco de entusiasmo.

Mas não conseguiu nada. Nada além da dolorosa expressão que Chelsea viera a conhecer como sendo o rosto de Tim. Mas não importava. Ela não iria deixar que aquele lenhador de meia-tigela estragasse o dia.

Foi quando Hancock, de apenas 12 anos, desceu pulando pelas escadas usando uma camisa excessivamente larga do Dallas Cowboys com o nome *Chambers* estampado nas costas. Ele deu uma olhada no café.

— A que horas vai abrir?

— Já estamos abertos — disse Chelsea.

— Mas... Onde estão os clientes? — Hancock era especialista em cutucar Chelsea.

— Eles vão aparecer — ela respondeu. — Onde está sua irmã?

Então Emily apareceu no café naquele mesmo instante, uma versão minúscula da mãe com apenas seis anos. Porém, enquanto Chelsea gostava de se disfarçar, Emily gostava de resplandecer. Os sapatos brilhantes apenas acrescentavam ao estilo.

— Hancock me ajudou a escolher minha roupa — gabou-se.

Chelsea olhou para a montagem de fitas e lantejoulas da filha e sorriu. A Chelsea de ontem teria feito ambos os filhos se trocarem antes de sair de casa. Mas a Chelsea de hoje ofereceu às crianças cupcakes com gotas de chocolate e as acompanhou até o ponto de ônibus, deixando um rastro de brilho e migalhas para trás.

— Espero que você consiga lidar com a correria matinal sem mim — Chelsea disse a Tim.

Tim apenas fez sinal de positivo com o polegar à chefe.

Ao se apressar para chegar à calçada em frente à loja, o trio logo sentiu o espetar do ar gelado. O céu de janeiro estava de um azul incrível, mas a temperatura surpreendia pelo frio.

— Vamos fechar esse casaco.

Chelsea ajoelhou para ajudar Emily e deu mais uma olhada na direção do café. As trapeiras se destacavam contra o telhado de madeira negra. Algumas vinhas se enroscavam em uma treliça ao lado da varanda, onde duas cadeiras de balanço gastas ficavam lado a lado. O calçamento dividia pela metade o gramado bem aparado da frente. Não fosse pela placa que pendia na varanda, a loja poderia ser confundida com uma simples casa.

Custa crer que seja minha casa outra vez. São tantas lembranças.

Mas a cada quarteirão, repleto de mansões originais de estilo vitoriano e de casas com estilo das Missões que foram remodeladas, aquela nostalgia toda ia ficando para trás. Tudo que Chelsea via fazia surgir uma ideia nova. Ao chegar ao ponto de ônibus, a lista mental de coisas a fazer já havia crescido:

comprar cadeiras de balanço novas para a varanda
limpar as janelas
plantar um jardim
aprender como plantar um jardim

— Você não precisa ficar esperando com a gente, sabia? — disse Hancock ao ver o ônibus amarelo dobrar a esquina. — Já faz dois meses que estamos fazendo isso.

Chelsea olhou para o filho e, por um instante, enxergou o pai no rosto dele. As grandes maçãs do rosto e os grandes olhos mais azuis que o céu do Texas; os cabelos loiros e o nariz pequeno. *Contanto que ele não tenha o lado selvagem do pai*, Chelsea disse para si mesma.

— Tem razão. Vocês podem voltar sozinhos para casa depois da escola, está bem?

Chelsea voltou a atenção para Emily, que pulava de tanta alegria.

— Você pegou sua lancheira?

— *Si, madre* — disse Emily, dando tapinhas na mochila. A escola nova oferecia um programa de imersão em língua espanhola, e Emily adorava praticar as palavras que aprendia.

Chelsea deu um abraço apertado na filha e se virou para abraçar Hancock, mas o olhar de reprovação nos olhos do menino a impediu. Ela então se lembrou de uma experiência parecida, em outro ponto de ônibus, que teve com a própria mãe.

— Hancock, sei que temos passado por muitas coisas nos últimos tempos. Obrigada por tentar fazer tudo dar certo.

*

Quando o ônibus partiu, Chelsea soltou um suspiro profundo. Aquilo tudo era novo para ela. Conseguia lembrar-se de quase tudo, mas tinha o mau hábito de se esquecer de respirar.

Chelsea voltou correndo para o café e chegou a tempo de atender o primeiro cliente. Ela só havia encontrado Bo Thompson uma vez, mas, no alto de seus setenta anos e mais de um metro e oitenta de altura, não era difícil reconhecê-lo. O mais gentil dos gigantes. Bo era um dos clientes mais fiéis da mãe de Chelsea — um dos clientes habituais que restaram do Café dos Anjos. "O melhor café da cidade", ele insistia. Mas também não contava o fato de morar do outro lado da rua.

Ao avistar Chelsea, Bo tirou o boné de beisebol, revelando uma careca lustrosa. Ao oferecer a mão em cumprimento, a mão carnuda dele praticamente engoliu a de Chelsea.

— É um grande dia para o bairro — exclamou a voz profunda de Bo.

— É verdade — Chelsea sorriu.

— Espero que você não se incomode com a camisa, mas meu time ganhou ontem.

Bo abriu o zíper da jaqueta o suficiente apenas para revelar o verde e o dourado dos Green BayPackers.

— Você não vai ouvir nenhuma reclamação da minha parte — respondeu Chelsea. — Eu não acompanho mais nenhum esporte hoje em dia. Mas, se bem me lembro, você vai querer um *cappuccino* pequeno com espuma extra?

— Estou impressionado— disse Bo, com um sorriso que preencheu todo o seu rosto.

Chelsea podia praticamente sentir o olho crítico de Tim enquanto trabalhava. Ela podia não ter tido um treinamento na Itália, mas sabia como fazer um *cappuccino*. Sua mãe havia lhe ensinado a tirar uma camada de espuma tão densa que se podia andar sobre ela. Mas assim que esse pensamento surgiu, a máquina do expresso começou a falhar. E então parou.

Chelsea mexeu um pouco na válvula do vapor.

— Eu não... Não estou...

Tim correu para ajudá-la. Com o canto do olho, ela viu Bo dar uma olhada no relógio.

— O que você acha de um café preto em vez do *cappuccino*? — disse Bo, com uma piscadela.

— Um café preto. Por conta da casa — Chelsea insistiu com a promessa de que o *cappuccino* ficaria para outra manhã.

— Vou sentir falta de ver sua mãe todos os dias, mas é bom ver a loja aberta de novo — disse Bo enquanto Chelsea o servia. — É claro, seria até melhor se você ainda tivesse os famosos *muffins* de abóbora com recheio de queijo cremoso da sua mãe.

Chelsea sorriu. Ela amava saber que as receitas que tinha criado para sua mãe eram um sucesso.

— Aqui. Um presente para você — Chelsea embrulhou um *muffin* de abóbora fresquinho e entregou para Bo.

Ele encontrou uma centena de maneiras diferentes de agradecer, e terminou dizendo a Chelsea que ela o fizera ganhar o dia.

— Você não vai ganhar muito dinheiro assim, oferecendo as coisas de graça — disse Tim.

— Obrigada pela dica, Tim — respondeu Chelsea.

Mas ela podia se dar ao luxo de distribuir tantos *muffins* quanto bem entendesse. Ela havia colecionado um tesouro repleto de receitas de dar água na boca, a ponto da sua irmã Sara implorar, anos a fio, para ela abrir uma loja. Porém, para Chelsea, o Café dos Anjos não era apenas um ponto comercial. A loja era um porto seguro.

*

Ding! Ding!

— Surpresa!

A manhã sonolenta se transformara em uma tarde ainda mais vagarosa, mas Chelsea reacendeu ao encontrar a irmã parada à porta segurando um buquê de flores ensolaradas.

— Minha casa já está um brinco e Tony vai ficar com os gêmeos por algumas horas. Por isso, resolvi aparecer na sua grande inauguração!

Havia um ar primaveril em Sara. Tudo nela resplandecia felicidade. Seus cabelos eram longos, lisos e dourados como o nascer do sol. Seus olhos castanhos brilhavam e se transformavam em meias-luas quando ela ria. O sorriso dela se levantava um pouco mais no canto direito da boca por conta da cicatriz que se estendia do canto da boca até a mandíbula.

— Eu achei que você teria que mostrar sua casa hoje! — disse Chelsea, sucumbindo ao abraço de urso de Sara.

— Os potenciais compradores cancelaram. De novo.

— Ah, que pena! Bem, quando você encontrar uma casa nova, lembre-se da minha oferta — disse Chelsea. — Eu posso pagar a entrada. Talvez acabemos sendo vizinhas, no fim das contas!

Ninguém jamais diria que aquelas duas eram irmãs. Sara era muito viva, Chelsea era mais fechada. Sara era alta e loira; Chelsea, de altura mediana e cabelos escuros como os da mãe. Sara sempre conseguia escolher seus namorados. Chelsea nem tanto. Mesmo assim, elas eram as melhores amigas uma da outra. Sara sempre cuidara de Chelsea. Chelsea sempre admirara Sara. Havia mais de uma década que ambas sonhavam em viver novamente na mesma cidade.

— Ainda não consigo acreditar que você voltou para a cidade!

— Mas não do jeito que eu gostaria — respondeu Chelsea.

— Você está aqui. E é isso que importa, certo?

Chelsea se maravilhava com o otimismo da irmã. Mais de uma vez ela se pegara imaginando se Sara havia nascido com uma dose dupla desse otimismo.

— Você tem razão. O dia da inauguração é ótimo. Ótimo! — disse Chelsea, tentando espelhar a perspectiva auspiciosa de Sara. — Ainda estou me acostumando com tudo. É divertido ser uma anônima para variar, mas eu bem que gostaria de ter mais alguns clientes. "Devagar" não combina muito com o lugar.

Ding! Ding! O sinete da entrada anunciava novidades.

— Você até que dá sorte! — disse Chelsea.

Tim estava mexendo na máquina do expresso desde a falha épica de Chelsea na frente de Bo. Ele agora girava uma maçaneta, liberando um silvo de vapor incandescente da máquina.

— E estamos de volta — disse Tim, com satisfação.

E bem na hora certa. De repente, uma lufada de clientes invadira a loja. Chelsea aproveitou e abriu seu sorriso mais caloroso.

— Bem-vindos ao Café dos Anjos. Como posso servi-los?

— Soubemos que você tem umas coisas dos Dallas Cowboys autografadas — disse o líder do bando. O tamanho assustador e a jaqueta com uma inicial logo o denunciaram como estrela do futebol americano da escola.

— Não sei do que você está falando — disse Chelsea. — Mas nossos clientes dizem que temos o melhor café da cidade.

— Clientes? — resmungou Tim pelas costas de Chelsea. Ela sabia que estava forçando um pouco.

— Mas você é ela, certo? — perguntou uma garota que mais parecia a rainha do baile de formatura e que carregava uma garrafa térmica do Café Cosmos na mão. — A esposa daquele jogador.

Chelsea tentou encontrar as palavras.

— Eu sou...

Então Sara apareceu para o resgate.

— Ela é a dona deste café.

— Mas o Sawyer Chambers é seu marido ou não?

Um simples sim ou não bastaria. Mas, para Chelsea, aquilo era mais complexo. Com várias camadas. Havia várias nuances e histórias a serem consideradas. Muitas histórias.

— Foi um garoto da sala do meu irmão quem disse.

Um dos jogadores virou para trás, buscando a confirmação em uma versão escolar reduzida de si mesmo.

— Certo?

Ding! Ding! Hancock e Emily entraram na loja.

— Isso mesmo! Foi *ele* quem contou para todo mundo da escola — o pequeno acabara de entregar Hancock, que parou de repente, morrendo de medo.

Hancock sabia que se metera em confusão, mas fez o melhor que podia para bancar o descolado na frente dos alunos mais velhos.

— E aí, cara... Eu, ahn, preciso fazer minha lição de casa — ele disse para o colega de sala. — Vejo você amanhã.

Chelsea fuzilou o filho com o olhar enquanto ele escapava.

— Eu só estava tentando arranjar alguns clientes para você — disse Hancock, resmungando enquanto subia as escadas.

Emily avistara a tia Sara e corria na direção dela para abraçá-la.

Então um garoto com um *smartphone* mostrava para quem quisesse ver:

— É ela mesma. Vejam. A sra. Sawyer Chambers.

Sra. Chambers. Lá estava, simples e claro. Praticamente uma amish.

— Você é meio famosa — disse o rapaz.

Se uma imagem pode dizer mil palavras, então uma busca por imagens no Google pode dizer mais de dez mil. Fotos, fotos, fotos. A vida de Chelsea passando diante de seus olhos — e dos de todos os outros presentes também. A loja estava ficando cada vez menor e a tela do aparelho cada vez maior, até que...

— Quem é essa? — disse o jovem mágico que havia transformado a tela do *Smartphone* em uma tela de cinema. A imagem se estendia como se fosse do leste para o oeste: Sawyer Chambers nos braços de outra mulher. Uma ruiva linda. Uma ameaça tripla: mais nova, mais magra e mais bonita.

O líder do bando olhou para a fotografia e depois para a mulher por trás do balcão e constatou o óbvio:

— Mas essa não é você.

— Oh, meu Deus! — disse a rainha do baile de formatura com olhar de pena.

Todos os olhos miravam Chelsea.

— Será que posso oferecer um cupcake? — disse ela por entre os dentes semicerrados.

A rainha do baile de formatura quebrou o silêncio.

— Vou aceitar um — disse, fazendo um gesto para os amigos deixarem aquela cena constrangedora. — Para viagem.

Quando o café se esvaziou, Chelsea derreteu por sobre o balcão, derrotada.

— A vida era muito mais simples antes da internet — resmungou.

— Não gaste nem mais um minuto se preocupando com a internet — disse Sara, envolvendo a irmã em um abraço.

— Tem razão — disse Chelsea, se recompondo. — Tenho certeza de que ela não vai chegar muito longe.

Capítulo 2

Samuel assistia a tudo a distância. Olhando do céu, tudo era mais simples. Mais claro. Não havia o obstáculo da vida cotidiana. Ele espiava das estrelas, avaliando a paisagem que já fora familiar.

O que ele viu virou motivo de preocupação. Samuel se lembrou de sua primeira tarefa naquele lugar. Aquela região tinha uma faísca, um brilho. Mas agora, a palidez se instalara na cidade. Vários bairros se escondiam nas sombras.

Mas ainda havia alguns faróis de luz. Como espirais salpicadas de ouro, eles perfuravam a escuridão, brilhando para além de Samuel e chegando aos céus.

Está ficando escuro, pensou, *mais ainda não anoiteceu. Ainda não.*

Samuel notou um brilho em alto relevo e olhou para sua direção. Era a esquina do Café dos Anjos. Daquele lugar muitas orações partiam e chegavam.

O Pai não vai desistir desse território tão facilmente, pelo menos não sem lutar. E eu amo uma boa luta!

Orações movem Deus. E Deus move os anjos. Por isso, Samuel fora enviado. Alguns anjos tinham mais experiência que ele. Outros tinham mais força. Mas nenhum anjo do céu era páreo para a determinação de Samuel. Aquela seria sua primeira missão solo.

Sammy, disse para si mesmo, *hora de voar*.

Samuel agarrou a bainha do sabre flamejante e ergueu o pequeno corpo até seu verdadeiro tamanho. Flexionou os músculos, apertou os olhos, se inclinou para frente e saiu em disparada na direção da terra. O vento forçava os cabelos dele a se jogarem para trás. Quando irrompeu por entre as nuvens, Samuel avistou a figura de Chelsea sentada na varanda e ficou se perguntando qual papel ela teria na saga que se desenrolava. Ele era, no fim das contas, o anjo encarregado de protegê-la.

Capítulo 3

Era noite de sexta-feira e Chelsea estava cozinhando. Ela cantarolava algo enquanto trabalhava. Depois de anos sentindo a pressão de competir com as esposas-troféus de musculosos e famosos, ela agradecia aquela mudança de hábitos. Isso sem mencionar o aumento da autoconfiança. O encontro com aquele grupo de colegiais tinha sido redimido (bem, quase) quando a rainha do baile de formatura ligou para encomendar cinco dúzias "daqueles cupcakes deliciosos" para a comemoração de aniversário da mãe. Era a oportunidade perfeita para Chelsea se reapresentar para a comunidade. Ela imaginara fazer uma grande estreia — um bolo leve de limão com cobertura amanteigada com um toque de chá Earl Grey.

Cozinhar era uma terapia para Chelsea, e ela parecia disposta a encarar uma sessão bastante longa. A complexidade das receitas tinha um jeito curioso de refletir a complexidade de seus problemas pessoais. No dia em que descobriu a infidelidade de Sawyer, Chelsea preparou um bolo de chocolate amargo de treze camadas — uma para cada ano em que esteve casada. Depois da primeira mordida, jogou tudo no lixo. Chelsea se lembrava do gosto amargo que permanecera como se o episódio tivesse acontecido ontem. Ela então fez um cálculo rápido. Oito meses e dezessete dias atrás, para ser exata.

— O tempo cura todas as feridas — disse a mãe de Chelsea.

E ela sabia do que estava falando. *Perdoar e esquecer* foram palavras pelas quais Virginia Hancock viveu, mas Chelsea não tinha a mesma inclinação. Perdoar parecia não estar em sua natureza. Especialmente em se tratando de Sawyer.

Sawyer fora escolhido pela Liga Nacional de Futebol americano depois de menos de um ano de casamento com Chelsea. Ele permaneceu durante oito temporadas com os Cowboys, durante as quais jogou como uma estrela do esporte e envelheceu como uma estrela do rock. Ele comandou a equipe de ataque por três temporadas. Os

Cowboys chegaram às finais duas vezes. Sawyer vivia aparecendo com destaque na ESPN. Já se falava até em Hall da Fama. Mas uma entrada violenta na altura do joelho na primeira partida da nona temporada acabou com tudo. Ele rompera o ligamento cruzado anterior.

Sawyer tinha assinado um contrato no valor de quinze milhões de dólares que estava garantido independentemente de sua saúde. Ele podia ter se aposentado. Ele *devia* ter se aposentado. Em vez disso, decidido a voltar, trabalhou na reabilitação da perna e conseguiu cavar uma vaga na equipe dos Seattle Seahawks. Mas já não era o mesmo jogador. E Sawyer sabia disso.

Muitos atletas profissionais passam por uma crise de meia-idade. Para Sawyer, a crise veio na madureza de seus 35 anos. Depois de três temporadas duras em Seattle, ele já ficava no banco de reservas. Sawyer tentava compensar o fracasso no campo com negócios arriscados, atitudes extravagantes e madrugadas festivas. Chelsea tentou proteger os filhos da mudança repentina de comportamento do pai, mas não conseguiu dar conta. Sawyer não sossegava.

No começo da temporada seguinte, os Seahawks o dispensaram. Como também fez o agente de Sawyer. Ninguém mais se interessava por ele. Ninguém, a não ser Cassie Lockhart, uma agente que além de novata era jovem e tinha muita vontade de representar uma estrela da Liga. Ela conseguiu convencer Sawyer a participar de uma reunião com os San Diego Chargers. Chelsea imaginou que ela estaria atrás apenas da comissão do contrato. Não tinha ideia de que o que aquela mulher desejava mesmo era seu marido.

— Foi o maior erro da minha vida — Sawyer reiterava.

— Pode ter certeza de que ficará gravado na história — devolveu Chelsea. — Isso sem falar nos tabloides e nas redes sociais.

Meses depois, Chelsea deixou Seattle. E também deixou Sawyer. Foi então que Sawyer prometeu mudar.

Como ele estará se saindo?

Chelsea não havia falado com Sawyer desde então. A infeliz ocasião da morte de sua mãe serviu de oportunidade perfeita para recomeçar.

Ou, pelo menos, de poder escapar. Chelsea impôs regras bastante rígidas de comunicação quando voltou para sua cidade natal.

— Meia hora com as crianças por dia? — ele perguntava.

— Certo, mas eles ligarão para você — Chelsea negociava.

Sawyer concordaria com os termos contanto que Chelsea aceitasse que aquilo tudo era uma "separação experimental". A justiça ainda não havia sido acionada. Chelsea já tinha se divorciado de Sawyer mais de uma dúzia de vezes em sua imaginação, mas ainda tinha dois motivos que a impediam de levar a briga adiante, e esses motivos dormiam tranquilamente no andar de cima. Hancock e Emily amavam o pai, apesar de todos os problemas.

Quem dera eu conseguisse fazer o mesmo, Chelsea deixou escapar enquanto empacotava o último dos cupcakes. A primeira encomenda do Café dos Anjos estava terminada. Chelsea parou para admirar o fruto de seu trabalho. *Perfeito*. E precisava ser assim. Ela entregaria os cupcakes no dia seguinte em um dos bairros mais prestigiados de San Antonio. E, se ela quisesse mesmo se virar sozinha, sem Sawyer, a vida nova precisava começar imediatamente.

*

Partindo da loja de Chelsea, o bairro de Alamo Heights ficava ao norte, tanto no mapa quanto no prestígio social. O carro de Chelsea subia uma montanha ladeada de casas impecáveis e jardins bastante convidativos, cenários típicos de um desejado código postal.

— Sinto falta da nossa casa antiga — Hancock disse ao chegarem ao endereço da entrega.

Chelsea deu uma olhada na casa original em estilo Tudor. A residência era de uma semelhança inacreditável com a casa em que haviam morado em Seattle. Quem quer que morasse ali decerto não precisaria do cupom de desconto no valor de dez dólares que Chelsea pretendia entregar com os cupcakes. Porém, depois de uma semana bastante devagar, ela sentia que precisava reinserir o Café dos Anjos na comunidade.

Hancock continuava reclamando.

— Sinto falta de morar perto da água. De ter meu quarto. Do nosso quintal. Da sala de jogos. Da TV gigante do papai...

— Muito bem, mocinho! — interrompeu Chelsea. — Vamos encontrar uma casa nova rapidinho. Uma casa boa. Enquanto isso, comece a pensar mais nas coisas pelas quais você é grato.

Ela estendeu o braço por sobre o filho e passou a mão bagunçando seu cabelo.

— Por exemplo, eu sou muito grata por ter esse tempo para ficar com você.

Ela esperava que o sentimento fosse mútuo. Afinal, Chelsea tinha salvado Hancock de passar uma tarde repleta de festas do chá na companhia da irmã caçula e da babá.

Chelsea empilhou várias caixas de cupcakes nos braços abertos de Hancock e os dois caminharam até a grandiosa porta da frente. Tocou a campainha e esperou, imaginando conversas leves e o barulho de taças de champanhe brindando no interior da residência. Era estranho estar do lado de fora, mas as festas e os bailes de gala beneficentes... Aquilo pertencia a Sawyer. Ele sempre fora a alma da festa, ela quase sempre se perdia na confusão. Mas não hoje. Chelsea desfrutava a simplicidade da tarefa em mãos. Por um breve instante, ela pensou em se apresentar usando o nome de solteira.

Mas não houve tempo para tomar uma decisão. A porta abriu e surgiu a figura esguia e loira de uma mulher que bem poderia ter saído de um catálogo de roupas intitulado "elegância casual". Ela trazia um pingente de diamante coroando a blusa assimétrica e preta e uma saia em preto e branco de viscose que parecia flutuar ao seu redor, e também uma expressão de surpresa.

— Chelsea Chambers?

— Deb Kingsly?

Deb envolveu Chelsea com os braços.

— Parece que faz um milhão de anos! — ela disse. — Eu não vejo você desde...

Chelsea sabia exatamente desde quando.

— Desde o casamento — ela respondeu, quase sussurrando.

— Isso — Deb respondeu, voltando-se para Hancock. — E quem é esse belo rapaz?

— Esse é Hancock, meu entregador — brincou Chelsea. — Eu reabri a loja da mamãe esta semana, e... Espero não estar estragando nenhuma surpresa, mas sua filha encomendou alguns cupcakes para um aniversário.

— Ela não tem falado de outra coisa durante toda a semana. Nem acredito que você voltou! Ajude-me a colocar os cupcakes em uma travessa, depois quero apresentar você para todo mundo.

Deb arrastou Chelsea e Hancock para a cozinha e de lá passaram para a sala de estar. Uma dúzia de mulheres, todas bem-vestidas, algumas cirurgicamente curvilíneas, formaram um semicírculo em volta de Chelsea, que trajava apenas uma calça jeans, uma blusa de moletom e um tênis de corrida.

— Pessoal, essa é minha amiga de infância Chelsea Chambers, esposa de Sawyer Chambers — Deb fez uma pausa. — Ela acabou de voltar para San Antonio e reabriu o velho Café dos Anjos, em King William. Todo mundo tem que dar uma passadinha lá para dar as boas-vindas a ela!

Chelsea sorriu agradecendo aquela apresentação atenciosa (e bem texana). Cada uma das presentes se apresentou e prometeu visitar o café. Mas, acima de tudo, os cupcakes foram um sucesso. Mais de uma dieta foi abandonada temporariamente.

*

Chelsea decidiu voltar pelo caminho mais demorado, aproveitando para sondar casas em potencial pelo caminho. Em algum lugar, cercado pelas nogueiras-pecãs e pelos telhados de terracota, estava o campanário da Igreja Metodista de Alamo Heights, a igreja onde havia se casado com Sawyer. Olhando de fora, foi um casamento de conto de fadas: tapete vermelho e bancos brancos, flores em todo lugar. Cada um dos jogadores do time de futebol americano estava de terno. A irmã e as duas melhores amigas vestidas de madrinhas. A mãe na fileira da frente. Mas a noiva caminhou sozinha até o altar, carregando rosas brancas e um filho no ventre.

— Então quer dizer que vamos ficar em San Antonio para sempre? — perguntou Hancock quando Chelsea parou para apanhar um folheto de propaganda debaixo de uma placa onde se lia "À venda" no jardim de uma casa perfeita como uma pintura.

— Seria tão ruim assim? — Chelsea perguntou.

— Talvez não, se o papai estivesse conosco.

Enquanto passava de um quarteirão a outro, Chelsea notava que mais uma loja do Café Cosmos havia sido inaugurada. Uma placa de "Admite-se" acompanhava o frontão, mas o negócio já estava bombando. Carros de luxo circundavam a faixa do *drive thru*. Os clientes se amontoavam no pátio, onde o sol havia convencido a todos de que era primavera.

Quando voltou ao café, Chelsea se alegrou ao ver um cliente. Mas ele não tinha vindo pelo café.

— Você pode assinar em nome do Café dos Anjos? — pediu o rapaz do serviço postal.

— Eu sou a dona — ofereceu-se Chelsea, confiante.

Mas aquele rompante de autoestima não foi mais que vapor. A carta que chegara vinha da Receita Federal.

Capítulo 4

— Oitenta e seis mil dólares — Sara gritou tão alto que Chelsea precisou afastar o telefone do ouvido.

— E setenta e oito centavos — ela acrescentou. — Você sabia alguma coisa a respeito disso?

— Não, claro que não. Quer dizer... Será que a própria mamãe sabia disso tudo?

— De acordo com a notificação, eles entregaram três cartas em mãos. E ela assinou o recebimento dessas cartas.

— Eu sinto muito, Chelsea. Queria poder ajudar. A igreja nos paga salário, mas é bem modesto.

— Por favor, não se preocupe com isso. Eu posso dar um jeito nessa dívida. A mamãe sabia disso.

Sara suspirou.

— Bem, agora faz sentido ela ter te deixado o café. Mas estou me sentindo culpada por ter herdado todas as joias da vovó!

— E esse tempo todo eu achei que eu era a favorita — disse Chelsea, sem qualquer emoção.

— Então acho que agora seria uma péssima hora para contar que você foi adotada?

Sara sempre conseguia fazer Chelsea rir, mesmo quando o estômago se revolvia em nós.

— Nada mais me surpreende hoje em dia.

— Sábias últimas palavras, maninha.

*

Os termos propostos eram tão simples quanto duros. Chelsea precisava pagar oitenta e seis mil dólares e setenta e oito centavos dentro de trinta dias ou então a Receita Federal sequestraria e venderia todos os bens do Café dos Anjos. Infelizmente, Chelsea e as crianças estavam morando no único bem com algum valor. Ela precisava pagar aquela dívida. O que implicava que precisaria falar com Sawyer.

Naquela noite, Chelsea colocou as crianças para dormir, arrumou a cozinha e dobrou a roupa limpa. Quando não podia mais adiar, foi até sua cômoda para pegar o telefone celular. Ele não estava onde ela o havia deixado, de modo que Chelsea tomou aquilo como um sinal para fazer a ligação em outro dia. Mas não era do feitio dela perder as coisas.

Chelsea revirou o café, afastou as almofadas do sofá e olhou até dentro da máquina de lavar. Nada do telefone. Ela caminhava derrotada pelo corredor quando uma risada abafada escapou do quarto das crianças.

Chelsea abriu a porta e viu um brilho azulado escapando debaixo das cobertas na cama de cima do beliche.

— O cara estava a mais de dois metros de altura do chão! Queria que você pudesse estar lá — o sussurro de Hancock transbordava ânimo.

— Eu também — respondeu uma voz familiar do outro lado da linha.

Chelsea inspirou longa e profundamente e se aproximou do beliche.

— Muito bem, tagarela — disse em voz baixa. A pessoa embaixo dos lençóis congelou. A voz do outro lado da linha ficou muda e, de repente, Hancock apareceu como um cordeirinho.

— Eu sei que devia ter pedido antes... — Hancock começou a explicar, com voz cada vez mais alta.

Chelsea pôs um dedo sobre os lábios e estendeu a outra mão.

Hancock devolveu o iPhone para sua verdadeira dona e deu uma olhada na cama de baixo. Para seu alívio, Emily dormia profundamente.

— Boa noite, Hancock — Chelsea disparou um olhar de aviso e saiu do quarto. Enfiando o telefone no bolso, começou a andar pelo corredor.

— Ah... Chelsea?

Ela deu um pulo. Do nada, uma risada enérgica surgiu do bolso de trás da calça.

Chelsea apanhou o telefone. O rosto de Sawyer preenchia a tela inteira.

— Era isso que eu queria ver — disse Sawyer. — Não que eu não goste da outra vista— ele acrescentou, revelando um sorriso malicioso com seus dentes brancos como marfim.

Ela inverteu as câmeras e Sawyer acabou com uma bela vista do tapete oriental da mãe de Chelsea. Ela sabia que não devia perder tempo usando um aplicativo de telefone com Sawyer Chambers. Chelsea alisou o rabo de cavalo, soltou um suspiro por entre os dentes semicerrados e voltou a câmera do aparelho celular de novo para si. Mas só por um instante.

— Eu preciso falar com você — ela disse. — Posso ligar de volta?

*

Vinte minutos depois e o sangue de Chelsea estava fervendo.

— E por que só estou sabendo disso agora? — berrou pelo telefone.

— Você não atendia minhas ligações! — Sawyer devolveu. — O que você queria que eu fizesse? Que mandasse um telegrama cantado? Um buquê de flores?

E foi assim que Chelsea desligou.

Quinze milhões de dólares seriam suficientes para durar pela vida toda, para a maioria das pessoas. Mas não para Sawyer Chambers. Ele investira em campos de petróleo, em propriedades comerciais e em ações podres. Ele especulara o dinheiro em condomínios em Miami e em moinhos de vento no Arizona. Era mais fácil segurar um porco besuntado de óleo que seu dinheiro. Nada daquilo deu certo.

Ela sabia que o dinheiro estava se esvaindo depressa, mas Chelsea tinha um porto seguro. Eram quatro milhões de dólares em um fundo de resgate anual que Sawyer havia prometido não encostar um dedo. Ao menos, não sem falar com Chelsea antes.

Mas não passou de outra promessa quebrada. Sawyer tinha desperdiçado seu último milhão em uma franquia no aeroporto Love

Field, de Dallas. Bastou seis meses para os credores baterem à porta e Sawyer ficou sem escolha, a não ser limpar aquela conta.

—Era isso ou a falência — ele tentara argumentar.

Chelsea podia até imaginar o rosto que acompanhava aquele tom de voz suplicante. As sobrancelhas franzidas, o maxilar quadrado, olhos azuis de morrer. Ela conhecia a aparência de Sawyer de cor. Treze anos atrás aquele mesmo rosto famoso a convencera a escapar da aula de psicologia para ir dançar no salão de bailes Sandy Spring...

A imagem de Sawyer estampava a brochura sobre o futebol no primeiro ano deles na Universidade do Texas. A foto o pegara em meio a um pulo, em um mergulho sobre a linha de *touchdown* por cima de sua própria linha de ataque. Sim, ele marcou aquele ponto. Naquele jogo e nos vinte e dois jogos que se seguiram. Todo mundo conhecia Sawyer Chambers.

Mas ninguém conhecia Chelsea Hancock. Tímida e estudiosa, vivia com os olhos arregalados naquele *campus* de mais de três mil e quinhentos alunos. A universidade era dez vezes maior do que a escola secundária que ela havia frequentado. Não fosse pela bolsa acadêmica, ela teria voltado para casa ao fim do primeiro semestre. As notas de Chelsea alcançavam as estrelas, mas, em relação à vida social, ela não passava de rainha da biblioteca. Ela quase deixou o telefone cair das mãos quando Sawyer Chambers ligou. Ele tinha visto um anúncio de aulas de reforço que Chelsea colocara em um mural da biblioteca. Ela precisava de um reforço no dinheiro que juntava para um futuro intercâmbio. Ele precisava de um reforço nas notas.

— Então você é a garota que vai me ajudar a continuar na luta pelo Heisman — Sawyer disse na primeira vez em que se encontraram.

— Heimlich?

— Não — ele brincou —, o Heisman. Também conhecido como o troféu que premia o melhor jogador de futebol americano universitário.

O olhar que Chelsea devolvia nada dizia.

Ele contra-atacou fazendo uma pose, como se agarrasse uma bola invisível e esticasse o braço para derrubar um oponente também invisível. Nada ainda.

— Você nunca ouviu falar sobre o assunto, ouviu?

Chelsea corou, mas logo se recompôs. — Não, mas eu já ouvi falar sobre Hemingway. Você conhece?

E foi assim que o relacionamento deles começou.

No quarto encontro, ela flagrou Sawyer estudando bem mais que apenas os livros.

— O que foi? Eu gosto de olhar para você — ele se defendeu quando ela pediu que se concentrasse. — As outras garotas se exibem e flertam. Mas você não precisa. Você é sorrateiramente bela.

O rosto dela pegou fogo. — E você é um belo sorrateiro. Preste atenção, Sawyer.

Uma semana depois aconteceu o primeiro encontro romântico.

— Eu preciso de uma garota como você. Você pensa por si mesma — Sawyer disse enquanto acompanhava Chelsea até a porta. — Você sempre tem a resposta certa.

Chelsea estava cética. *Por que ele iria reparar em mim?*, ela se perguntava enquanto estudava a própria figura vestida no espelho. Sua imagem era esguia, muito sem forma para o seu gosto. Ela conseguia pensar em uma dúzia de garotas mais compatíveis com o figurão do *campus*.

Porém, na primeira vez que dançaram, ela soube que havia algo de especial nele.

Chelsea jamais esqueceria o rosto de Sawyer enquanto ele a girava até cair em seus braços. O olhar intenso, o sorriso sutil. Ninguém jamais havia olhado para ela daquele jeito.

— Será que é cedo demais para dizer que eu amo você? — ele perguntou. Ela sentia como se estivessem apenas os dois naquele lugar. Desejou que aquele sentimento jamais acabasse.

O verão se aproximava do fim quando Chelsea engravidou. Sem conseguir pensar em uma solução com a qual ficasse de consciência tranquila, Chelsea viu em Sawyer um confidente. E, pela primeira vez, era ele quem tinha as respostas.

— Casa comigo — ele disse. — Nós podemos fazer isso. Podemos fazer tudo funcionar. Juntos.

Juntos. Se ela soubesse a dor que aquele *juntos* traria, será que teria dito sim?

Chelsea se acomodou na cadeira de balanço da varanda. Ela precisava de um tempo para espairecer. Tomando um gole da xícara fervente, puxou um pouquinho o xale que fora de sua mãe para cobrir os ombros. Ela havia passado muitas noites naquele lugar com sua mãe, apenas olhando para o céu.

— Você é muito amada, Chelsea. Está escrito nas estrelas — ela dizia.

Naquela noite, porém, as estrelas não estavam brilhando.

Chelsea estava quebrada. O ar estava frio. O coração dela, ainda mais gelado. Ela precisava se divorciar de Sawyer. Ela precisava fazer tudo dar certo. Sozinha.

Capítulo 5

Observando e aguardando. Parecia que aquilo era tudo que ele podia fazer ultimamente. E Samuel esperava por mais.

Uma nuvem densa começou a se fechar sobre Chelsea; nublando o seu julgamento, escurecendo seus pensamentos. O inimigo tinha lançado a armadilha. E Chelsea seguia às cegas naquela direção.

Se ao menos ela pedisse ajuda. Uma oração simples. Uma dica que fosse. Deus aceita dicas.

Samuel podia ser um anjo protetor, mas tinha um coração de guerreiro. Se o céu tinha um livro de regras, Samuel o conhecia de trás para frente. Mensageiros, guerreiros, guardiões. Ele sabia o nome e os feitos de todos os grandes. E agora, ele tinha uma ideia. Uma ideia ousada. Mas ele não podia agir sem permissão.

Observando e aguardando.

Ao longe, algo chamou a atenção de Samuel. Um lampejo de luz. Como uma estrela cadente, um mensageiro celestial se aproximava com velocidade.

— Gabriel! — Samuel se pôs em estado de alerta, pondo-se em pé. Mesmo na ponta dos pés, ele só conseguia alcançar os ombros de Gabriel.

— Fique à vontade, Samuel — disse Gabriel, com um aceno de aprovação.

— Você conseguiu revisar meu plano?

— Estamos trabalhando nele.

A expressão de Gabriel não entregava qualquer informação.

— Sei que meu plano soa ambicioso. Nada convencional, eu diria.

Samuel passou a tagarelar, nervoso, cada palavra mais rápida que a anterior.

— Mas há um precedente. Nós já estabelecemos um caminho parecido para a terra antes. Trata-se de uma nova investida. Como a Escada de Jacó 2.0!

Gabriel colocou a mão sobre o ombro de Samuel para acalmá-lo.

— Eu vejo um grande potencial, Samuel. Mas o plano ainda é um pouco prematuro.

— Entendo.

Os ombros de Samuel afundaram. *Continuar esperando.*

— Não desanime — disse Gabriel. — O céu, ao que parece, tem outros planos.

Então Samuel levantou as orelhas. *Outros planos?* Samuel agarrou o punho de sua espada, ansioso para entrar em ação.

Gabriel devolveu um sorriso familiar.

— Para essa missão, você não vai precisar de espada.

Capítulo 6

— Mãe! Está queimando!

A voz de Emily percorreu todo o caminho até o andar de baixo do café.

— Não encoste em nada. Eu estou indo!

Chelsea tinha acabado de acrescentar um item ao cardápio com o especial do dia: a Torta de Um Milhão de Dólares.

— Mãe!

Chelsea subiu as escadas correndo, aproveitando para olhar o celular. Ainda não havia resposta alguma de Tim.

— O que está queimando, querida?

Emily estava em pé, cercada por uma nuvem de fumaça.

— Minha torrada!

— Hancock! — Chelsea chamou. — Será que você poderia ajudar sua irmã? Pode ajudar com o café da manhã dela?

Hancock apenas resmungou.

Ding! Ding! Era um cliente. Onde Tim estaria? Passava das sete horas da manhã e Chelsea já havia mandado três mensagens de texto. Mais uma não iria machucar.

CADÊ VC?!

De volta às crianças. — Por que vocês não terminam de se arrumar? Vou preparar o café da manhã de vocês lá embaixo.

Ding! Ding! Chelsea correu para o andar inferior para atender o primeiro cliente atrás de um despertar matutino.

— Ora, ora, mas que surpresa agradável!

Deb, a velha amiga de Chelsea, estava encostada no balcão acompanhada de outras três moradoras de Alamo Heights. Todas elas trajavam o que consideravam ser roupas casuais: calças jeans apertadas assinadas por estilistas e jaquetas de couro.

— Esse lugar não mudou nada! —Deb se deixou inundar pelas visões e sons tão familiares. — Esse café traz de volta tantas lembranças!

Chelsea e Deb ficaram se lembrando do passado enquanto ela preparava os *lattes* desnatados de baunilha das novas clientes. Assim que Deb e suas amigas se acomodaram em um cantinho aconchegante, Chelsea improvisou um rápido café da manhã para as crianças. Chelsea estava acabando de fechar o casaco de Emily quando o celular vibrou ao receber uma mensagem de Tim. *Até que enfim*, ela pensou. E depois ela leu a resposta.

Aceitei um emprego no Café Cosmos. Com benefícios e tudo. Desculpa. Tentei avisar ontem, mas vc parecia ocupada. ;-)

— Só pode ser brincadeira — Chelsea resmungou enquanto procurava um *emoticon* que imitasse o rosto dela. Mas não existia nenhum desenho de um dragão soltando fogo.

— O que aconteceu, mamãe? — Emily perguntou. — Você parece muito brava.

— É o papai, não é? — Hancock tentou adivinhar.

— Não, não. Está tudo bem. Está tudo certo — Chelsea esboçou um sorriso.

Ding! Ding!

— Bom dia, Bo! — disse Emily.

Bo Thompson tinha se tornado quase uma atração da rotina matinal das crianças. Ele era simpático e prestativo, mesmo antes do primeiro *cappuccino* do dia. Parecia que ele simplesmente acordava daquele jeito.

— Já atendo você, Bo — Chelsea entregou o dinheiro do lanche para os filhos. — Tudo bem se você levar sua irmã até o ponto de ônibus hoje? — perguntou a Hancock. — A mamãe está um pouquinho atrapalhada hoje.

— Eu os acompanharei com prazer — Bo ofereceu. — Estou indo naquela direção.

Ding! Ding! Mais dois clientes entraram na loja.

— Você é um presente dos céus, Bo — Chelsea disse com um suspiro aliviado. — E hoje o seu *cappuccino* é por conta da casa.

— Não se preocupe com isso. Todo mundo precisa de ajuda de vez em quando.

Era verdade. Chelsea precisava de ajuda. Agora. E, depois, ela ainda iria precisar de oitenta e seis mil dólares. Mas primeiro as prioridades.

Durante a calmaria da inauguração Chelsea havia postado um anúncio com a vaga de ajudante na internet. Essa primeira tentativa redundara em Tim, de modo que, dessa vez, Chelsea foi mais detalhista: *Candidato ideal deve ser apresentável, pontual e otimista. Deve amar crianças, café e cupcakes.*

Não mais que alguns minutos após a postagem do anúncio o tal candidato ideal atravessou a porta da frente da loja. Ou, pelo menos, foi o que ele tentou fazer.

— Você está bem? — Chelsea correu para fora para ajudar o homem caído a se levantar.

— Esse deve ser o vidro mais bem limpo de todo o Texas — ele exclamou, com um animado sotaque latino. — E você pode dizer para o dono que eu disse isso.

— Bem, você acabou de dizer — Chelsea respondeu. Aquele comportamento otimista fez brotar um sorriso no rosto dela. — Vamos, entre. Vou pegar algo para você beber.

Havia algo nele que prendia a atenção de Chelsea. Não eram apenas as botas de caubói de couro preto adornadas com turquesas, nem a calça verde-claro brilhante, nem a florida camisa havaiana, muito menos o boné dos Seattle Seahawks. Ela parou para estudá-lo por um instante: altura mediana, corpo comum, rosto redondo. *Eu conheço você de algum lugar.* Mas, pela primeira vez, a memória de Chelsea parecia falhar.

— Desculpe, mas... já nos conhecemos? — ela perguntou.

— Muita gente me faz essa pergunta, *señora.* Eu devo ter um rosto bem comum.

Manuel, ou Manny, como ele gostava de ser chamado, estava a fim de conversa. Ele finalmente havia ganhado a cidadania aos trinta anos de idade. Nascido no México, ele era solteiro e tinha se mudado para San Antonio para ficar perto da família.

— Você já encontrou lugar para morar? — Chelsea perguntou enquanto preparava a bebida preferida dele: um *latte* de baunilha com uma porção generosa de chantili.

— Já.

— Que tipo de trabalho você está procurando?

Mas antes que Manny pudesse responder, um súbito cuspe de vapor escapou da máquina de expresso que não funcionava direito. O leite espumado se espalhou por todo o balcão e pelo avental de Chelsea.

— Essa máquina *deveria* ter sido consertada! — exclamou. — Você me dá licença? Chelsea desapareceu na cozinha em busca de um avental limpo.

Quando retornou, Manny estava na parte de trás do balcão — agora impecável — e enfrentava a máquina de expresso. — Espero que não se importe de eu ter dado uma olhada — ele disse.

Chelsea olhou para o caixa. *Intocado*.

— Vá em frente. Experimente agora — disse Manny, se afastando.

Chelsea deu passos cuidadosos na direção da máquina. Ela colocou uma xícara nova debaixo da mangueira de vapor e girou o botão. Três perfeitas lufadas de vapor. Chelsea estava impressionada.

— O que você disse que faz, mesmo?

*

E foi assim que a equipe do Café dos Anjos dobrou de tamanho naquela tarde. A discussão sobre os uniformes, contudo, exigiu alguma negociação.

— Manny, você vai ter de abandonar o boné. Nós não somos fãs dos Seahawks aqui. E, de agora em diante, vamos tentar evitar as estampas.

Naquela noite, Chelsea riscou o *encontrar ajuda* da lista mental de coisas a fazer. Quem dera os outros problemas fossem igualmente fáceis de resolver. Ela já estava com medo do próximo item daquela lista: *negociar os termos de pagamento com a Receita Federal*.

Capítulo 7

Chelsea era um gênio da matemática. Sawyer costumava brincar que resolver problemas de matemática conferia a ela certo prestígio que ele só conseguia com exercícios físicos. Mas, naquele dia, a matemática servia apenas para dar dor de cabeça.

Com a ajuda do antigo contador de Sawyer, Chelsea conseguiu negociar os impostos devidos e acabou com nove suaves prestações de apenas nove mil e quinhentos dólares na mão. Muito fácil, contanto que ela vendesse cento e cinquenta e cinco cafés por dia. O número representava um aumento de meros quinhentos por cento no lucro diário. Chelsea estava condenada.

Mas ela já estava condenada no instante em que se casou com Sawyer. Depois de uma pesquisa rápida no Google, ela achou os números que provavam sua teoria: setenta e oito por cento dos jogadores aposentados da Liga Nacional de Futebol americano vão à falência, e cinquenta por cento de seus casamentos acabam em divórcio. E, de acordo com essas estatísticas estressantes, cozinhar parecia ser o caminho certo para colocá-la entre os sessenta e nove por cento dos norte-americanos que estão acima do peso.

— Você parece um cupcake.

Foi exatamente o que Chelsea ouviu.

— Como é que é?

— Eu disse que parece que você precisa de um cupcake — Manny ofereceu, com muito cuidado.

— Ah... hum. Hoje não. Mas eu bem que preciso de uma dose de expresso. Obrigada, Manny.

Em pouco mais de uma semana Manny já tinha mais do que provado seu valor. Ele acordava cedo e parecia estar sempre no lugar certo quando Chelsea precisava dele. Ele era muito bom no atendimento aos clientes e ainda melhor com as crianças. Mas apesar de todo aquele talento e intuição, Chelsea jamais havia conhecido alguém mais descoordenado — em termos de moda e de aparência. Ele não conseguia lidar com a porta vaivém da cozinha. Nas primeiras vezes, ele tentou abri-la como se fosse uma porta comum. Quando ela voltava ao lugar, ele tentava abri-la de novo.

— Manny — Chelsea teve, por fim, de explicar. — Ela não vai ficar aberta. Basta você passar direto por ela.

E ele assim o fez, mas, logo que passou, a porta voltou com tudo nas costas dele.

— Manny, você tem que continuar andando.

— Sim, senhora.

— Você nunca viu uma dessas antes?

— Humm, acho que não.

E parecia também que ele não conseguia manter as pernas firmes, o que acabou se tornando uma piada frequente na loja. — Eu faço mais amigos caindo do que a maioria das pessoas ficando de pé — Manny dizia. De fato, fora justamente assim que Manny conheceu Sara.

*

— Eu tenho uma ideia! — Sara tinha voltado ao café em uma manhã de quarta-feira acompanhada dos gêmeos de quatro meses de idade que dormiam em um carrinho duplo de bebês. — Várias ideias, na verdade. Mas, primeiro, preciso de um café. Dose dupla. Não, dose tripla. Eu não dormi a semana inteira.

Chelsea logo reconheceu que a irmã parecia mais cansada que de costume.

Sara continuou.

— O funcionário da imobiliária nos despachou lá de casa pelas próximas seis horas. Ele vai receber três interessados hoje!

— Que notícia promissora! Você e Tony ainda estão planejando fazer uma oferta por aquela casa em Sierra? Ela é perfeita para vocês!

— Não — Sara hesitou tentando formular uma resposta clara. — É um ótimo bairro, mas decidimos que é muita casa para nós no momento.

O tom de voz dela denunciava uma sugestão de decepção que atingiu Chelsea com uma agulhada de culpa. Sara tinha dito que a casa em estilo vitoriano era a casa dos seus sonhos e Chelsea sabia que a entrada que havia prometido dar à irmã teria transformado aquele sonho em realidade.

Agora não adianta mais bancar a fada madrinha. Eu não consigo fazer nem os meus sonhos virarem realidade.

— Tem certeza de que você deveria estar tomando tanta cafeína assim? — perguntou Chelsea enquanto Sara embalava o carrinho de bebê.

— Eu só preciso segurar. E sentir o aroma. Será que é errado?

— O que acha de mais uma dose?

— Eu te amo.

— Ei, Manny? — Chelsea gritou na direção da cozinha.

Manny surgiu usando uma camisa de um laranja berrante e um sorriso ainda mais chamativo. Ele não estava muito diferente de um cone de sinalização.

— Você deve ser a irmã! Fico muito contente em conhecê-la — disse, estendendo a mão por sobre o balcão para cumprimentá-la. — Eu fui visitar sua igreja no domingo.

O rosto de Sara se iluminou com aquele reconhecimento.

— Eu conheço você. Você é o cara do dominó!

Manny sorriu, balançando a cabeça como um boneco de posto.

— Bem, esperamos ver você de novo — continuou Sara. — Talvez da próxima vez você consiga levar Chelsea junto — acrescentou mirando os olhos de Chelsea.

— Eu prometo não a derrubar também! — E os dois caíram na gargalhada.

— Vamos lá, pessoal, podem me contar. Por que ele é o cara do dominó?

Depois de algumas pegadinhas e muitas risadas, Chelsea entendeu a história.

— Nós estávamos todos na fila para participar da ceia do Senhor, mas Shirley Benson se mexia mais devagar que uma lesma. Ela é muito querida, mas, é sério Chelsea, provavelmente o ser humano mais lento da face da terra. Então, do nada, eis que o Manny...

— Eu tropecei na bengala da sra. Benson e caí de cara no chão. Depois, foi a própria sra. Benson quem tropeçou em mim e caiu. E assim foi, e foi...

— Seis pessoas, Chelsea. Parecia um dominó! — disse Sara, ficando mais séria. — É um milagre ninguém ter se machucado.

Então todos caíram novamente na risada.

— Espera aí! Mas a Shirley Benson passou por aqui ontem, e eu diria que ela parecia bastante ágil — Chelsea disse, virando para Manny. — Ela foi até o balcão e lhe deu uma bela gorjeta, se eu me lembro bem.

— Vai ver que você acabou ajudando a sra. Benson, no fim das contas! — Sara acrescentou, com uma risada.

Chelsea sorriu. Apesar dos últimos acontecimentos, momentos assim faziam-na se alegrar por ter voltado para casa. Por estar perto da família.

— E o que você achou? — Chelsea perguntou enquanto sentava de frente para Sara, que agora inalava o aroma da xícara de café fervilhante.

— Está perfeito. Vou tomar apenas um gole — Sara sussurrou. — Não conte para os bebês.

Chelsea riu.

— Vamos! Eu quero ouvir sua ideia!

— É claro — Sara tomou o gole prometido. — Eu estava pensando... Nós precisamos criar um burburinho na vizinhança!

— É isso? Essa é a grande ideia?

— Bem... Eu estava pensando em chamar a *Tribuna*. Eles poderiam fazer um artigo falando sobre a grande reinauguração. Além disso, Tony está querendo montar um pequeno café na nossa igreja. Nós temos espaço para isso. E você ainda ganharia com a exposição.

— Claro. Vamos fazer o lance da igreja — Chelsea ofereceu.

— E a *Tribuna*? — Sara sabia que estava se aventurando em águas revoltas.

— Acho que vou passar — Chelsea respondeu. — Eu não preciso de favor nenhum do papai. Nem dos colegas dele.

— Qual é! Faz anos que o papai não trabalha mais na *Tribuna*! — disse Sara, rolando os olhos. — Além do mais, as coisas mudaram.

— Bom saber disso, mas eu não preciso mesmo ouvir nada sobre ele. Ele não quis fazer parte da minha vida. E, bem, acho que tudo está funcionando assim. Vamos em frente. Próxima ideia.

— Bom, acho que não podemos ir em frente — Sara fez uma pausa e depois descarregou. — Por favor, não fique brava, mas eu já telefonei. Eles vão mandar alguém para entrevistar você amanhã.

— Sara!

— Você precisa disso, Chelsea. E vai ser ótimo. Eu sei que vai.

Chelsea pensou em encher os ouvidos de Sara antes de sair dali, mas fora encurralada por uma verdade assombrosa: Sara era tudo que lhe restara. Sem a irmã, Chelsea estaria realmente sozinha. Chelsea não podia se dar ao luxo de mais um ressentimento, por isso, abriu um sorriso forçado.

— Bem, Manny — disse Chelsea para seu funcionário favorito —, vamos deixar tudo pronto para a imprensa!

Capítulo 8

O repórter era esperado para o dia seguinte e chegaria bem a tempo de pegar a correria matinal. Bom, pelo menos Chelsea esperava ver alguma correria. Uma entrevista em um café vazio seria um prato cheio para uma história de dar dó, como se apenas um convidado aparecesse na sua festa de aniversário. Mas Chelsea não podia pensar nisso agora. Tinha um trabalho a fazer.

Chelsea tinha as ferramentas perfeitas para o trabalho: várias receitas de cupcakes, todas organizadas por sobre o balcão da loja, cada uma com um propósito específico. Framboesa coberta com chocolate (romântico), pão de mel (aconchegante), bananas caramelizadas (luxuosa), mousse de chocolate branco (elegante), trufa de chocolate amargo (decadente), bolo de aniversário (festivo)... Era uma decisão difícil.

— Mamãe?

Chelsea virou e encontrou a pequena Emily de pijama, agarrando firme um livro de histórias.

— Você vai me colocar na cama?

Chelsea deu uma olhada no forno. Ela tinha algum tempo até a próxima fornada ficar pronta.

— Manny?

Manny primeiro bateu, depois atravessou a porta vaivém da cozinha.

— Você pode ficar de olho no forno por mim? Tenho um compromisso com uma pessoa muito importante — disse Chelsea.

Emily sorriu.

—*Si, señora.*

—*Hasta mañana,* Manny!— Emily disse, saltitando para fora da cozinha. — Isso é espanhol, mãe. Significa "Até amanhã".

*

Amanhã, oh-meu-Deus. É amanhã!

Chelsea acordou de um só pulo e se voltou para o relógio em forma de palhaço pendurado na parede. Seis e meia da manhã! Ela estava atrasada e atrapalhada. Acabou presa entre uma Emily que dormia profundamente e a parede.

— Vamos lá, todo mundo. Levantando! — Chelsea arremessou para longe o livro que a fizera cair no sono e levantou correndo da cama de baixo. — Vamos lá, criançada. Levantem para brilhar. E sejam rápidos. Está na hora de abrir a loja!

Chelsea encarregou Hancock de deixar a irmã pronta para ir para a escola e desceu correndo as escadas tentando amansar a juba em que se transformara seu cabelo.

Os pensamentos de Chelsea voavam enquanto ela listava as coisas que precisava fazer, e com tanta intensidade que ela mal reparou no chão que brilhava ou nos cupcakes de morango que enchiam a vitrine. Só então ela parou e sentiu o cheiro delicioso que inundava o ar.

— Mas o quê...? Chelsea se deteve na entrada da cozinha, a voz interrompida. Ela nunca tinha visto nada igual.

Mousse de chocolate branco. Chocolate amargo e framboesa. Banana caramelizada. Gotas de café. Manteiga de noz-pecã. Creme de caramelo. As receitas mais especiais de Chelsea cuidadosamente alinhadas nas vasilhas de aço inoxidável aos montes. Mas não parava por aí. Enquanto Chelsea examinava o lugar, a abundância de doçura parecia se multiplicar como os peixes e os pães do Evangelho. Havia o suficiente para alimentar cinco mil pessoas (ou, pelo menos, bem umas trezentas).

— Bom dia, chefe.

Chelsea se virou e encontrou Manny logo atrás, todo coberto de farinha.

— Você fez isso?

— Eu não sabia qual receita você queria fazer, por isso, fiz todas elas — Manny encolheu os ombros, soltando uma lufada de farinha no ar com o gesto.

— Mas aqui há mais de uma centena de receitas! — exclamou Chelsea.

— Não precisa dizer isso para mim — Manny disse soltando um bocejo. — Depois da meia-noite, eu passei a fazer meias-receitas.

— Nossa... — soltou Chelsea, perplexa. — Você deve mesmo saber como fazer render os ingredientes.

— Foi uma lição que aprendi com meu pai. Eu venho de uma família bem grande.

— Bem, eu não sei como você conseguiu — Chelsea disse, ainda em choque —, mas tudo parece *perfeito*. Você experimentou alguma receita?

Manny concordou com um aceno.

— Elas são muito boas.

— Quais delas?

— Hum, todas elas — Manny respondeu com um sorriso inocente. — Mas não me leve a mal por isso.

Chelsea deu uma mordida naquela que era sua favorita: uma receita alemã de chocolate que derretia na boca. O gosto era celestial.

— Mas o que é que vamos fazer com tudo isso?

*

Chelsea avistou o repórter assim que ele entrou no café. Ele tinha uma postura notável, óculos com armação branca e um cabelo bagunçado que começava a ficar grisalho.

— Bill Davis. Eu costumava trabalhar com seu pai. Ele está bem? — perguntou o repórter enquanto cumprimentava Chelsea.

Havia apenas dois assuntos proibidos para Chelsea. O primeiro era seu pai.

Ding! Ding! Chelsea suspirou aliviada, agradecendo a interrupção. E também pelo cliente que vinha encher a loja vazia.

— Encomenda para Chelsea Chambers!

Chelsea ergueu o braço para se identificar. *Tomara que não seja da Receita Federal.*

— Encomenda em nome de Sawyer Chambers — acrescentou a entregadora ao entregar um pacote pequeno.

Chelsea sabia que era melhor esperar para abrir. Mas como resistir?

— Por favor, um instantinho — ela disse ao repórter. Ao abrir o pacote, Chelsea encontrou um bilhete junto de uma caixa de chocolates.

Desculpe por tudo. Principalmente por perder nosso dinheiro. Estou trabalhando para consertar isso. Sawyer.

P.S.: Achei que uma caixa de chocolates não violaria a proibição da nossa comunicação.

O rosto de Chelsea ferveu com um turbilhão de sentimentos. Muitas emoções.

— Como será que Sawyer Chambers está indo?

Sawyer Chambers. O segundo assunto proibido.

— Parece que vocês estão indo bem — disse Bill, apontando com um gesto para a encomenda romântica de Sawyer. — Acho que os boatos da internet não são verdadeiros, afinal.

Chelsea piscou e travou. Ela parecia um veado paralisado por faróis. E de um trem. Bill bem que poderia estar usando o chapéu de condutor daquele trem.

— Será que ele vai aparecer por aqui hoje? — O repórter não desistia.

Splat! De repente, Manny derrubou uma caixa cheia de cupcakes no chão ao lado deles, errando por pouco os sapatos de Bill. Chelsea se levantou de pronto para apanhar a caixa e começou a pedir desculpas por Manny, ao mesmo tempo que ficava muito grata pela falta de habilidade dele. De pé, Chelsea reparou na imensa pilha de caixas que Manny carregava.

— Estas aqui já estão prontas, sra.Chambers.

— Prontas? — Chelsea perguntou.

— Para a entrega matinal.

Na lateral de cada uma das caixas estava um endereço. Chelsea reconheceu alguns, mas não outros.

Bill olhou os endereços também:

— Exército da Salvação? Conjunto habitacional La Bandera? Clínica de Repouso St. Vincent... Custa crer que esses lugares conseguem se dar ao luxo de uma entrega especial.

Chelsea sorriu para Manny. Demorou, mas ela entendeu.

— Nós estamos fazendo doações — Chelsea respondeu. — Era parte dos costumes da minha mãe, durante décadas. Eu só estou continuando a tradição. Você gostaria de nos acompanhar, Bill? Eu vou dirigir. Podemos aproveitar a oportunidade para ir conversando — Chelsea pegou as caixas das mãos de Manny —, mas sobre a *loja* — enfatizou.

A aventura que fizeram pelos bairros próximos serviu para abrir muitos olhos. Não só os de Bill, que anotava cada movimento de Chelsea em seu computador portátil. Para Chelsea, aquele lugar mal parecia ser onde havia passado toda a sua infância. Não era como ela lembrava, ao menos.

Ainda meninas, Chelsea e Sara serviram de voluntárias com sua mãe na unidade local do Exército da Salvação. Porém, mesmo na época do dia de Ação de Graças, nunca houve tantas pessoas esperando na fila como agora — nem tão poucos voluntários para servir.

O conjunto habitacional de La Bandera estava em ruínas. Várias janelas haviam sido cobertas com papelão e tapumes, oferecendo pouquíssima proteção contra o frio a seus residentes. Os vários anos de negligência saltavam ainda mais aos olhos quando se comparava o conjunto com as casas luxuosas ao redor.

No St. Vincent, Bill e Chelsea foram saudados por idosos que se iluminaram à vista dos cupcakes e que lhes fizeram companhia mesmo depois do fim das guloseimas.

Foi então que Chelsea o avistou. Um senhor idoso sentado à janela, balançando o que parecia ser um molho de chaves. Charles Hancock, pai de Chelsea. Mas aquele não era o mesmo homem das lembranças dela. Ele estava frágil e grisalho, sua identidade só era traída pelos olhos de um marrom profundo, o único traço físico que Chelsea compartilhava com o pai.

Treze anos haviam se passado desde a última vez em que Chelsea o vira. Ela ainda conseguia se lembrar do rosto dele, retorcido de raiva. A explosão dele anos atrás ainda abalava o mundo emocional de Chelsea. Aqueles olhos tão distintos haviam queimado de raiva. A voz que rugira de tanta decepção. *Você está desistindo de tudo que se preparou para ser... o que... uma dona de casa?!* Para Chelsea, era como se tudo tivesse acontecido ontem. Para o pai, já fazia uma eternidade. Uma eternidade que Chelsea não estava disposta a encarar.

Chelsea agarrou o braço de Bill e se dirigiu à saída.

— Perdi a noção do tempo. Preciso voltar para a loja.

Ao parar finalmente no estacionamento vazio, Bill agradeceu e escapou rapidamente, deixando Chelsea sozinha por alguns instantes. Sua mente atribulada precisava de espaço. O pai ocupava agora cada ranhura do seu pensamento, e Chelsea desejava tirá-lo de lá.

Capítulo 9

"Compras na igreja? Nós abrimos aos domingos!", dizia o anúncio. Chelsea riu do aviso do cunhado. O pastor Tony Morales tinha uma personalidade cativante e um ótimo senso de humor. Não era acaso o fato de ele ser o par perfeito de Sara.

Com a entrevista para o jornal já para trás, Chelsea estava cumprindo a promessa de atender durante o culto dominical. A Igreja da Comunidade da Fé ficava a cinco minutos de carro do Café dos Anjos. O local ficava ao sul do bairro King William, em uma vizinhança onde as casas eram menores, os carros eram mais velhos e mais de um jardim fazia o papel de oficina com um mecânico à sombra das árvores.

A congregação se reunia em uma antiga Igreja Batista. Degraus de concreto gasto levavam à entrada principal e os tijolos vermelhos há muito se haviam tornado rosados. Um campanário alto adornava o telhado.

Durante a última década, Chelsea não frequentara muito a igreja. Aos domingos, Sawyer estava sempre se recuperando de um jogo ou participando dele. Fora da temporada, ele preferia jogar golfe ou fazer exercícios. Ele nunca queria ir à igreja.

— E aquilo acabaria virando uma grande sessão de autógrafos — ele dizia. E nisso tinha razão.

Mas Chelsea podia entrar e sair sem ser reconhecida. Ela frequentou uma igreja enorme em Dallas em que conseguia deixar os filhos no espaço infantil e ainda encontrar um lugar confortável na parte de trás do templo, cujo tamanho se comparava a um hangar de aviões. O pastor ficava minúsculo no enorme palco, de modo que Chelsea preferia assistir ao telão.

Hoje, enquanto passava com Hancock, Emily e Manny pelas pesadas portas vermelhas da Igreja da Comunidade da Fé, Chelsea se via inundada de calorosas lembranças. Os vitrais coloridos, o *Façam isto em memória de mim* entalhado no altar, o aroma amadeirado dos velhos bancos — tudo aquilo parecia bem familiar. Chelsea quase conseguia ouvir a mãe cantando com empolgação: *Tudo bem... Tudo bem com minha alma!* Quais fossem os desafios que a família enfrentava, Chelsea sempre encontrou paz naqueles bancos. Aquela era parte da história da família que ela não se importava em reviver.

— Estamos tão contentes por vocês estarem aqui! — disse Sara, recepcionando os convidados no humilde lugar. — Temos grandes planos para esta igreja — acrescentou. — Tony é um visionário!

Visionário, de fato. Onde Chelsea enxergava paredes malcuidadas e um tapete manchado na velha sala de jantar, Tony vislumbrava uma sala multimídia da juventude. A quadra de basquete de concreto rachado era apenas uma "futura pista de *skate*". A cantina com tábuas de madeira seria um convidativo café — isto é, se Chelsea pudesse acrescentar seu toque mágico.

— Uma cidade inteira na montanha! — disse Tony ao final da apresentação. — É assim que eu vejo esse lugar. Se servir para trazer mais pessoas para a igreja, eu sou a favor!

— Não tenho muita certeza se meu café vai produzir alguma conversão, mas certamente espero que o contrário seja verdadeiro — Chelsea disse para Manny enquanto se instalavam na cantina. — Nós bem que precisamos de fregueses.

Quando a congregação começou a se juntar no templo, Chelsea passou a ter dúvidas se aquela quantidade seria suficiente para alavancar os negócios. Para começar, não eram muitas pessoas. Apenas um terço dos bancos estava ocupado. Em segundo lugar, a média de idade parecia passar dos sessenta anos. Apesar de todo o esforço de Tony, a congregação não estava florescendo. Ela mal conseguia sobreviver.

— Peça e lhe será dado; busque, e você encontrará...

Chelsea começou a prestar atenção nas palavras de Tony. *Está aí uma coisa que poderia me ajudar.* Chelsea sabia o que deveria pedir para Deus. Respostas. Mas quanto mais pensava a respeito, tanto maior ficava a lista de perguntas a fazer. Na verdade, eram tantas perguntas que o culto acabou antes dessa lista.

Chelsea ainda estava refletindo quando deitou na cama naquela noite. Mas ela não chegou a ponto de fazer as tais perguntas.

Capítulo 10

Observando e aguardando. Era o que faziam Chelsea e Manny na manhã em que a crítica do jornal tinha saído da gráfica. A *Tribuna* era distribuída semanalmente pelos cafés da cidade e Chelsea queria ser a primeira a ler a reportagem.

Se ela não conseguisse fazer o negócio decolar, precisaria de um plano de emergência. E rápido. Chelsea tinha algumas ideias em mente. Um livro de memórias revelador. Uma peregrinação espiritual. Um *blog* de receitas. Comprar um *chateau* na Toscana. Várias maneiras extremamente sensíveis de suportar uma crise de meia-idade, sem dizer no aumento estrondoso das chances de aterrissar nos braços de um homem escultural e contemplativo (já que ela não era de todo superficial). Um homem que a desejaria por todos os seus erros, excentricidades e quilos sobressalentes.

E por que não? Sempre funcionava para a Julia Roberts.

A primeira parcela do pagamento à Receita Federal venceria em três semanas e o Café dos Anjos ainda não tinha cumprido a cota diária de vendas. Chelsea precisava que as pessoas fizessem fila ao redor do quarteirão.

Por favor, Deus. Será que é pedir demais?

— Você disse alguma coisa? — perguntou Manny.

— Não, eu só... Nós precisamos de uma crítica animadora.

Observando e aguardando. De repente, um barulho na varanda.

— O entregador de jornal!

Manny e Chelsea correram para a entrada. A crítica ao Café dos Anjos era a matéria principal da seção de Comidas e Restaurantes.

— É isso, Manny. Chegou a hora da verdade — Chelsea inspirou profundamente e abriu o jornal ali mesmo, no jardim.

*

"Se o Café dos Anjos conseguir se reinventar hoje, então talvez ele continue a existir amanhã", era o que Chelsea conseguia recitar de cor.

— Eu achei que é uma crítica boa — disse Bo, tomando um gole de seu *cappuccino*.

— O que foi que ele falou mesmo? Aquilo sobre a lareira? — Sara apareceu para oferecer apoio moral depois de ter lido a crítica na internet.

Manny vasculhou o jornal.

— Chelsea Chambers e sua equipe brilham com a intensidade de uma lareira. Porém, ao contrário de suas predecessoras, a sra. Chambers necessita de um pouco mais de lenha...

— Está bom, Manny, é o bastante! — Sara interrompeu. — Está vendo, Chelsea? Você é uma lareira.

Mas Chelsea não estava animada, pois a crítica não era animadora. Claro, Bill Davis havia elogiado o espírito generoso e o comprometimento do café com o bairro, mas ele embalara tais coisas como "tradições datadas de um estabelecimento fustigado pelo tempo". Ele chamou o café de "aceitável" e as comidinhas de "divinas", mas disse também que a loja deixava muito a desejar no que dizia respeito aos serviços mais modernos. Em uma vizinhança que valorizava o *design* e a internet de alta velocidade, Bill dizia não haver mais espaço para a nostalgia. A frase de encerramento é que era o problema: "O Café dos Anjos pode até virar febre na parte sul da cidade, mas, por enquanto, não passa de uma loja antiquada com bastante coração."

O problema, no entanto, é que houve um erro de impressão, de modo que se lia: "com bastante oração."

— Uma única linha boa, e nem ela podemos usar! — Chelsea gritou para os céus, zombando.

— Deus *tá* vendo — disse Sara, brincando. — E quer saber do que mais? Ele se importa.

— E é isso aí, é exatamente esse o motivo pelo qual você vai viver feliz para sempre — disse Chelsea, deixando o ceticismo aflorar. Mas ela podia dizer, pelo olhar no rosto de Sara, que a brincadeira tinha saído pior do que ela imaginara.

— Bem, pessoal, acho melhor eu dar um descanso para o Tony — Sara tentou esboçar um sorriso. — Alguma chance de eu levar dois cafés?

— Um para o Tony e outro para você segurar? — Chelsea perguntou.

Sara devolveu a risada.

— Talvez. Ou talvez um para cada mão.

Sara saiu levando três cafés. Só por via das dúvidas.

Bo continuou na loja bem depois de seu *cappuccino* ter acabado. O som de seus dedos tamborilando no copo de papel dizia a Chelsea que ele tinha algo em mente.

— Posso ajudar você com alguma coisa, Bo? — ela perguntou.

— Ah, não...

Então Chelsea se sentou na cadeira em frente a ele. Ela nunca tinha visto Bo assim, mas, de algum modo, Chelsea sentia conforto em saber que um bom homem como Bo se deixava afetar por alguns problemas.

— Bo? Você tem certeza de que está tudo bem?

Bo parecia relutar até em olhar para ela.

— Não, Chelsea, acho que nem tudo está bem — ele começou, invocando um pouco de coragem. — Eu tenho frequentado este café todos os dias nos últimos sete anos. Durante esse tempo eu aprendi muito com a sua mãe. E eu sei exatamente o que ela gostaria que eu dissesse para você neste momento.

Chelsea apoiou as costas na cadeira, o coração ia a galope.

— Eu não tenho ideia de tudo o que você está passando. Assim como você também não tem ideia de tudo que se passa comigo. Mas uma coisa eu posso dizer: seja lá o que estiver acontecendo, Deus pode ajudar. Mas você precisa pedir ajuda para ele.

Ao dizer aquilo, o relutante evangelista se pôs em pé.

— Você vai me desculpar, mas eu preciso ir. E certamente espero que você me deixe voltar, depois disso — acrescentou.

Chelsea parecia colada à cadeira, procurando encontrar uma resposta.

— Eu já tentei, Bo — Chelsea disse antes que Bo alcançasse a porta. — Eu já tentei pedir ajuda — sua cabeça caiu um pouco para frente e ela soltou um suspiro. — A fé... Bem, a fé é algo difícil para mim. Eu tenho muitas perguntas e, para ser sincera, também já cometi muitos erros.

De algum lugar profundo dentro de si, Bo falou:

— Tente de novo. E continue tentando. Não posso prometer que uma oração vá mudar tudo. Mas pode acontecer.

Chelsea pensou ter visto lágrimas brotando dos olhos de Bo. Mas ele deu as costas antes que ela pudesse ter certeza.

Naquela noite, depois de as crianças terem ido dormir, a cabeça de Chelsea voltou a focar na lista de problemas, que estava cada vez maior. Chelsea revirou seu cérebro em busca de soluções, mas ela já havia tentado tudo que podia imaginar.

Tente de novo.

Já fazia muito tempo desde a última vez que Chelsea fizera uma oração com firmeza de vontade. Ela procurou palavras que resumissem seus problemas, mas tudo em que ela conseguia pensar era uma frase tão simples que ela sequer imaginou que seria ouvida.

Deus, eu preciso de ajuda.

Capítulo 11

— Seu paladar é bastante sofisticado! — disse Chelsea, acrescentando uma terceira dose de expresso a um café *breve* fervilhante.

— É para minha mãe. É o aniversário dela — disse o menino. Ele não devia ter mais do que dez anos, onze, no máximo. Mas os olhos dele pareciam mais sábios que isso. O corpo magro parecia precisar desesperadamente de um casaco mais quente.

— O que você acha de levar um chocolate bem quentinho para você? Está um pouco frio lá fora.

— Obrigado, mas eu estou bem.

Chelsea deu uma olhada no troco que precisaria devolver ao menino. Faltavam vinte e cinco centavos para completar três dólares e cinquenta centavos, mas ela não via isso como um problema.

— Meu nome é Chelsea. Acho que eu nunca vi você por aqui. Você mora neste bairro?

— Meu nome é Marcus. Eu moro um pouquinho mais longe.

Chelsea ficou imaginando se o menino tinha vindo do La Bandera.

— Vou dizer uma coisa para você, Marcus. Seu chocolate quente é por conta da casa hoje. E esses *muffins* de mirtilo também — disse, embalando tudo para viagem. Nos últimos três dias, Chelsea fora obrigada a jogar fora alguns produtos que sobravam. Era muito melhor ver alguém aproveitar a comida enquanto ela ainda estava fresca.

— É sério? Nossa... Muito obrigado, moça! — disse Marcus, colocando o boné de beisebol por cima dos cabelos negros. — Vou fazer questão de voltar aqui. Para comprar algumas coisas — ele acrescentou. — Espero ver você na semana que vem!

— Então, até lá! — respondeu Chelsea.

Mas aquelas palavras soavam como falsas. Chelsea havia se debruçado com atenção sobre as finanças. O resumo da situação era o seguinte: os dias de Chelsea como dona do café estavam contados.

O mês se aproximava do fim e ela ainda precisava de oito mil e quinhentos dólares para fazer o pagamento da parcela à Receita Federal.

Ela então deu uma olhada no relógio. Faltavam duas horas para fechar. Faltavam 148 *lattes* para atingir a cota de venda diária.

— Manny! — ela chamou. — Para mim, já chega.

Manny entrou no salão, vindo da cozinha.

— Estamos encerrando por hoje, chefe?

— Eu vou ligar para um corretor — Chelsea fechou os olhos, tentando segurar a emoção. — Eu vou fechar o café. De uma vez por todas.

Tentou esboçar um sorriso. Era melhor que chorar.

— Ah, Chelsea. Não! Você não pode fazer isso!

Manny se mostrava muito menos capaz de conter as emoções. Ele caiu sentado em uma cadeira, os ombros se derrubaram.

Chelsea tentou consolá-lo com alguns tapinhas nas costas. *Espera aí, ele está chorando? Não era eu quem deveria chorar?*

— Mas o que você vai fazer agora? — Manny perguntou.

E era uma pergunta muito boa. Chelsea poderia dar conta da parcela do primeiro mês com o pouco que restara de suas economias. Se conseguisse vender a loja com rapidez, ela estaria livre da dívida que a mãe contraíra. Mas, e depois? Chelsea não conseguia fazer planos assim tão distantes.

— Nesse momento... O que precisamos fazer é limpar tudo. Você pode se servir de qualquer coisa que esteja pronta.

*

Chelsea vinha guardando um folheto de uma imobiliária que se anunciava como "A Melhor de Alamo Heights" desde a festa de aniversário de Deb. Custava crer que, não fazia muitas semanas, a ideia que Chelsea tinha para seu próximo grande passo era comprar uma mansão. Agora, ela estava ligando para o corretor cujo número constava do verso do folheto.

Mas que tipo de nome era Dennis Darling?

Emily desceu as escadas com um pacotinho de cenouras nas mãos bem quando Chelsea estava terminando a ligação com Dennis. Ele parecia um cara legal, pelo menos ao telefone.

— Ei, mãe? — perguntou Emily.

Chelsea colocou um dedo sobre os lábios e puxou Emily para seu colo.

— Então nos vemos amanhã — Chelsea disse. — Muito bem, também estou ansiosa por conhecê-lo — disse, desligando o telefone.

— Por que você está sorrindo, mamãe? — Emily perguntou.

— Não estou — Chelsea respondeu, tentando domar o riso que havia assaltado seu rosto.

— Ah. O que aconteceu com o Manny?

Chelsea seguiu o olhar de Emily. Um abalado Manny desaparecia na cozinha com um bolo quente e pegajoso de lava de chocolate.

— Ah, eu acho que o Manny só está... com fome.

— Ele precisa comer alguma coisa saudável — disse Emily.

Ding! Ding! Duas pessoas impressionantes entraram na loja, um homem enorme de pele escura acompanhado de uma loira alta com olhos de um azul fulgurante.

— Nossa — disse Emily —, vocês estão vindo das Olimpíadas?

A mulher sorriu.

— Nós estamos aqui para dar um *upgrade* no seu serviço de internet.

Chelsea não conseguia distinguir o sotaque. Holandês? Talvez norueguês?

— Sinto dizer, mas eu não pedi nenhum *upgrade* — Chelsea se levantou, apoiando as mãos nos ombros de Emily.

— Manny?

Manny apareceu no salão, ainda mastigando o bolo. Mas bastou ver os visitantes para sua boca se esvaziar. Porém, como se fosse um vulcão de chocolate. Chelsea percebeu que não iria tornar a fazer a receita de lava de chocolate por muito tempo.

— Você sabe alguma coisa sobre esse *upgrade* na internet? — ela perguntou.

Manny perguntou, hesitante:

— É aquele plano isento de pagamento nos três primeiros meses?

— Esse mesmo — o bíceps do homem aumentou quando ele abriu a maleta de metal. — É a melhor conexão que temos para oferecer — ele disse, depositando uma esfera reluzente na mesa em frente a Chelsea.

— É lindo! — disse Manny, maravilhado com o curioso aparelho. — Mas menor do que eu imaginava.

Os dedos dele pairavam centímetros acima do aparelho.

— Eu posso tocar?

Será que Manny tinha perdido o juízo?

— Vamos tentar não encostar em nada, por enquanto. Isso parece bem caro — disse Chelsea. — E quais são os termos? Eu preciso assinar alguma coisa?

— Não. Trata-se de um período de experiência. Se você desejar descontinuar nossos serviços daqui a três meses, levaremos o roteador embora. Sem mais perguntas, sem cobranças.

Mas Chelsea não estava convencida.

— Eu não conheço muito sobre internet. Além do mais, é bem provável que eu já não esteja mais aqui daqui a três meses.

— E onde nós vamos estar, mãe? — Hancock perguntou. Chelsea nem tinha visto o menino descer as escadas.

— Com o papai? — disse Emily.

— Já chega, todo mundo!

Depois de um dia cheio de decisões difíceis, a paciência de Chelsea estava quase no limite. Ela se virou para o instalador:

— *Nenhuma* cobrança mesmo?

— Absolutamente nenhuma — ele respondeu.

Chelsea apanhou o roteador nas mãos.

— Você consegue instalar isso rápido?

— Antes mesmo que você diga amém — ele respondeu sorrindo.

*

Chelsea ficou assistindo à dupla sair pela porta. Vendedores insistentes sempre eram um incômodo para ela. Especialmente aqueles que pareciam supermodelos. Mas, agora, tudo a incomodava. Inclusive Manny.

Ele estava varrendo o chão ao redor de Chelsea, assoviando uma canção animada. Mas que motivos ele tinha para estar tão feliz? No fim das contas, porém, será que isso importava? Havia uma conversa muito mais difícil esperando por ela.

— Vamos lá, crianças — disse Chelsea. — Vamos fazer o jantar.

Ela estava no meio da escada quando a porta da frente anunciou a entrada de um cliente. *Meu último cliente*, ela pensou. Chelsea mandou as crianças arrumarem a mesa e preparou com cerimônia "o último café do Café dos Anjos" para um pensativo cliente chamado Miles, que havia se apresentado e sentado com seu *laptop* em uma mesinha de canto.

— Sua internet não está funcionando — ele anunciou com uma voz profunda quando Chelsea entregou o café. Os olhos dele jamais desgrudavam da tela.

— Isso é impossível! — disse Manny, derrubando a vassoura e correndo até onde estava o homem. Ao olhar para a tela, Manny gritou como se fosse uma menininha de escola.

— O quê? — perguntou Chelsea. — O que foi, Manny?

— Está perfeita!

Miles devolveu:

— Não, está ruim, posso garantir. Eu só consigo visitar uma mesma página.

— Bem, espero que seja uma página boa, então — Chelsea brincou.

— Confie em mim — disse Manny, rindo. — Você não vai se decepcionar.

Capítulo 12

Já era meia-noite, mas Manny não conseguia dormir. Não naquela noite. Manny estava sentado em sua cama simples e olhava para além da janela. As estrelas perfuravam o véu da noite. Diamantes sob um tecido de veludo negro. Infinitos. Inumeráveis. Mas Manny não pensava assim.

Cada estrela, numerada. Cada estrela, nomeada!

Como cada grão de areia. Cada fio de cabelo de sua cabeça. Cada um dos problemas que preenchiam seus dias. Criados. Numerados. Conhecidos.

— Samuel?

Uma explosão de luz preencheu o quarto.

— Ou será que devo dizer Manny?

Manny apertou os olhos, tentando se acostumar à luminosidade. *Gabriel!* Ele tentou ficar em pé, mas os pés não obedeciam. Os joelhos tremelicantes pareciam ter caído no chão. Mas o cabelo em sua nuca se eriçou. *Típico das reações humanas.*

— Desculpe-me. Ainda estou me acostumando com tudo isso — disse Manny, apontando o corpo com um gesto.

Gabriel estendeu a mão a Manny e o ajudou a se levantar.

— Demora algum tempo.

A presença imponente de Gabriel preenchia o quarto. Sua forma era sólida e bem esculpida, mas também translúcida, como se tivesse sido moldada de luz. Da luz imaculada do sol. Os olhos dele brilhavam como uma tempestade cósmica, criando uma aurora tão estonteante quanto a aurora boreal. Pela primeira vez, Manny podia apreciar a majestade, até mesmo o pavor, da visão de um ser espiritual revelado a olhos humanos.

— Então *você* também esteve na terra antes? — Manny perguntou. O olhar no rosto de Gabriel o denunciava. — Tudo bem, tudo bem. Você não pode dizer nada.

— Mas eu posso dizer isto: algumas das minhas melhores lembranças aconteceram sob a forma humana.

Manny se inclinou para frente.

— Alguma missão que eu conheça?

— Vamos dizer que eu posso descrever as muitas cores do casaco de José, também a casa de Martinho Lutero e posso contar o que Abraham Lincoln comia no café da manhã.

— Algo me dizia que essas missões tiveram seu dedo!

— Mas eu não estou aqui para falar de mim. Estou aqui para ver como você está indo. Seu plano começou muito bem.

— Começou bem? Pois até onde consigo ver, parece que chegamos um pouco atrasados. Chelsea está querendo fechar a loja.

— Nós estivemos ocupados — Gabriel explicou. — Encontramos mais resistência do que prevíamos. Até o Miguel foi despachado para nos ajudar.

O queixo de Manny caiu até o chão.

— Miguel, também conhecido como arcanjo Miguel? Eu sabia! Eu sabia que era ele no café!

— Aquele não era Miguel.

— Sério? Hum... —Manny continuou a devanear. — Mesmo assim... Miguel e eu. Trabalhando na mesma missão. Quem dera eu pudesse ter visto tudo o que você viu.

— E quem disse que você não pode fazer isso? — Gabriel deu um passo para frente e colocou a mão sobre o ombro de Manny.

No instante em que Gabriel o tocou, os olhos de Manny se abriram para uma nova dimensão. Acontecimentos recentes passavam por ele como se estivessem em uma tela, mas, dessa vez, eram vistos do céu. Manny então se viu servindo café e varrendo o chão, enquanto isso, um grande conflito o rondava. Figuras sem rosto, cobertas de escuridão, avançavam pelas ruas e pulavam de telhado em telhado. Em seu rastro, tais criaturas deixavam sombras que se espalhavam pelas casas como fuligem. Mas bastou as criaturas declararem aquelas casas como seu território para os anjos aparecerem. Figuras fortes, douradas e radiantes desceram até as ruas. Diante da chegada deles, os demônios paravam e davam meia-volta.

— Agora você entende por que estamos aqui, Manny? — Gabriel perguntou.

Manny olhou para o rosto do seu superior e balançou a cabeça.

Gabriel tocou o braço do anjo mais uma vez.

— Olhe com maior atenção.

Então Manny viu os rostos e ouviu as vozes de algumas pessoas que ele viera a conhecer e a amar.

Bo, sentado no carro parado em frente à loja, a cabeça curvada pendendo sobre o volante. *Pai, dê forças para este lugar.*

Sara, parada no gramado, olhando pela janela na direção de Chelsea, as bochechas úmidas de lágrimas. *Abençoe minha irmã, Senhor.*

Tony, caminhando pelo bairro. Com voz baixa, mas firme, ele ora: *Venha, Senhor!*

E Chelsea também. O coração de Manny acelerou quando, naquela visão, ele percebeu Chelsea orando. Ela estava na varanda tarde da noite. Seu rosto parecia vazio de esperança. *Deus, eu preciso de ajuda.*

— E as orações deles foram ouvidas? — Manny perguntou a Gabriel.

— Cada uma delas.

Enquanto Manny assistia ao transcorrer dos eventos, acabou se vendo em meio à ação. Ele pulava e se virava, balançando uma espada invisível, como se estivesse em uma luta de verdade. Foi quando um raio de luz deixou toda a atmosfera do lugar eletrizada.

— Miguel! — exclamou Manny ao ver o anjo mais poderoso do céu avançar sobre as forças da escuridão. Os anjos se juntaram e fizeram uma formação ao redor dele, confundindo os inimigos. Então...

— Agora!

Ao som da voz de Miguel, os anjos penetraram a escuridão em um túnel de luz, criando um portal entre o céu e a loja. Os anjos rodeavam aquela coluna, montando guarda.

O céu está lutando por eles. Manny ficou impressionado com a ideia. Mas então a visão começou a embaçar.

— Manny... Manny?

Manny olhou para Gabriel. Pela segunda vez naquele mesmo dia, o anjo tinha lágrimas nos olhos. — Essa missão é importante, não é?

— Imensa. Mas é assim mesmo, Manny. Todas elas o são.

Mesmo depois de Gabriel partir, a cabeça de Manny ainda girava. Não por conta de dúvidas, mas sim de perguntas, já que não são a mesma coisa. Até mesmo as perguntas mais profundas e escuras podem levar a uma fé mais sólida. Ainda assim, havia muita coisa que ele não conseguia enxergar. Muita coisa que ele não conhecia. Mas ao menos uma coisa ele sabia. Que, mesmo na mais escura das noites, ele sempre podia olhar para o alto.

Naquela noite, Manny adormeceu contando as estrelas.

Capítulo 13

Chelsea olhou para baixo e encarou o arco-íris formado pelas canetinhas coloridas procurando alguma inspiração em meio a tantas más notícias. Apesar de todos os adjetivos que seu dicionário interior oferecesse, Hancock e Emily não conseguiam se convencer de que o futuro seria "brilhante", "empolgante", "esperançoso" ou "venturoso".

— Nós vamos ficar bem? — O olhar penetrante do filho chegava até os ossos de Chelsea.

— É claro que vamos ficar bem — Chelsea respondeu, mas sem ela mesma estar convencida. Julgando pelo olhar amedrontado de Emily, a filha também não parecia convencida. Chelsea então apanhou a mão dela. — Porque nós temos um ao outro. E eu vou dar um jeito nisso.

Mas depois de horas revirando o cérebro, Chelsea ainda estava atolada. E o cardápio apoiado sobre a mesa continuava em branco. Por isso, a ligação de Sara foi recebida como uma distração bem-vinda.

— Só estou ligando para saber como você está — Sara disse.

— Eu estou bem. Eu acho. Eu espero. É que esse lugar é muito especial, sabe? Odeio saber que ele irá acabar nas minhas mãos. Eu sinto como se estivesse decepcionando a mamãe. E também a vovó.

— Bem, mas você não pode assumir essa culpa. Mamãe deixou uma conta muito pesada no seu colo. E quanto à vovó... Eu mandei as joias dela para uma avaliação. Imaginei que poderia vendê-las. Assim ajudaria você a pagar a dívida.

— Eu jamais aceitaria!

— Bem, acontece que você não vai precisar. Eram bijuterias. Todas elas!

Chelsea suspirou.

— Quando nós éramos pequenas, eu sabia que os tempos seriam difíceis, mas eu tinha essa fantasia de que tudo era parte de alguma história como a da Cinderela. Era questão de tempo até o Príncipe Encantado aparecer para me salvar. É óbvio que nada disso aconteceu, mas eu achei que, pelo menos, os dias de ficar contando centavos tinham acabado.

— Ei, não desista do seu final de contos de fadas. Eu tenho um plano de emergência.

— Ah, é?

— Eu vou ganhar na loteria na próxima terça-feira.

Chelsea riu.

— Vá para a cama. Falo com você depois.

Chelsea olhou mais uma vez para a enormidade do cardápio vazio. Foi então que teve um estalo. Ela apanhou a canetinha preta. Os gestos firmes apertavam o instrumento contra a superfície branca e brilhante.

Chega de coberturas açucaradas. Nada de nostalgia multicolorida. Era hora de encarar os fatos e seguir em frente com a vida.

Chelsea parou para admirar aquele trabalho. Estava pronto. A mais simples verdade, em branco e preto. O Café dos Anjos encerra suas atividades.

*

Ainda era cedo naquela manhã do sábado quando uma cansada Chelsea descia as escadas, café em uma das mãos, tabuleta do cardápio na outra. Ela se sentia grata pelo primeiro dia de descanso em quase quatro meses. Chelsea não tinha se dado o trabalho nem de tirar o roupão e as pantufas. O cabelo estava desgrenhado e o rosto, intocado. Afinal, não haveria cliente algum para atender. Nenhum café para servir. Nenhuma migalha para limpar. Pelo menos, era o que ela pensava.

Chelsea parou na metade do caminho enquanto descia as escadas. A xícara de café escorregou dos dedos e se espatifou no chão de madeira.

Havia gente por todo lado. Pela janela da frente, Chelsea viu multidões lotando a varanda, gente espalhada pela grama como um mar de cabeças abaixadas mirando as telas de seus *smartphones*, *laptops* e *tablets*. O lugar zunia com toda aquela agitação. E, no meio de tudo isso, estava o Café dos Anjos.

Capítulo 14

— Não tenho ideia do que está acontecendo — Chelsea disse para Sara pelo viva-voz do telefone. — Mas parece que estou em uma loja de departamentos em plena *Black Friday*!

Junto com as crianças, Chelsea espiou por entre a veneziana do quarto para ver a multidão que aumentava com muita rapidez.

— Eles estão por todo o lugar, tia Sara! — Hancock acrescentou.

— Eu já trabalhei com varejo — Sara disse. — Aproveite a ocasião. Abra a loja!

Chelsea avaliou a multidão. Eram mais de cem cafés, seria fácil. *Seria bom me despedir com um estouro assim* — Chelsea disse para si mesma. — *Preciso ligar para o Manny.*

A resposta dele foi imediata:

— Chego aí em um piscar de olhos!

Alguém poderia pensar que Chelsea havia acabado de oferecer uma viagem dos sonhos ou um bilhete premiado de loteria em vez de mais um dia de trabalho. O entusiasmo de Manny era desconcertante. Mas, de qualquer jeito, aquele era o Manny. Chelsea suspirou e sussurrou para si mesma: A *ajuda está a caminho.*

Escovou os dentes, vestiu o uniforme informal de calça jeans e blusa de moletom e foi até o andar de baixo.

Chelsea abriu a porta e se misturou à multidão.

— Com licença, com licença.

Chegando na frente da varanda, gritou:

— Bom dia, todo mundo!— Não houve resposta. Ela tentou de novo, mais alto dessa vez: — Bom diaaaaa!

Cabeças e mais cabeças se desgrudaram dos aparatos tecnológicos. A multidão apresentava uma grande variedade de idades, de cor da pele e de situação financeira. Donas de casa, alunos e executivos. Todos os olhos se concentravam nela e, durante meio segundo, Chelsea ficou se perguntando se teria se lembrado de tirar o roupão e colocado calças. Com um gesto, buscou ver se encontrava os bolsos. *Ufa!*

— Bem-vindos ao Café dos Anjos! Nós vamos...

— Ei, moça. É você quem está respondendo às perguntas? — gritou um dos clientes, enquanto jogava uma bituca de cigarro na grama pisoteada.

— Que pergun...— Chelsea começou a falar.

— É Deus mesmo? — Gritou um adolescente.

— É claro que é Deus! — respondeu uma senhora que estava na varanda. — Certo? — a senhora acrescentou, inquirindo Chelsea.

— Eu... Do que é que vocês estão falando? Eu não faço a mínima ideia.

— Eu pagarei mais cem dólares se puder fazer mais uma pergunta! — A oferta vinha de um senhor de meia-idade cujo *laptop* estava apoiado sobre o capô de um carro esportivo de luxo.

Aquele comentário acendeu uma faísca.

— Então nós podemos *comprar* mais perguntas?

— Isso não é justo!

Do nada, o gramado em frente à loja virou um caos. Todos falavam por cima de todos e ninguém parecia lembrar com quem eles estavam falando em primeiro lugar. Ninguém viu Chelsea desaparecer para dentro do café.

— Todas essas pessoas vão entrar? — Hancock perguntou. Emily descia as escadas logo atrás dele.

— Bem, se eles não estão aqui para comprar café, então não quero ninguém na minha grama! — Chelsea disse. — Está acontecendo alguma coisa com aquele roteador.

Emily e Hancock seguiram Chelsea até a despensa.

— Minha nossa! — disse Hancock, que viu primeiro.

O roteador ainda estava guardado entre os guardanapos e os pacotes de pó de café, mas sua aparência havia mudado. Agora se tratava de uma esfera brilhante que girava cheia de energia e agitação. Como uma teia de sinapses flamejantes, estouros de uma luz azul dançavam dentro do orbe. Aquilo parecia como se trovões dançassem em meio a nuvens de tempestade, acrescidos de um barulho constante de um ventilador pequeno.

Os três ficaram parados, emudecidos.

— O que isso está fazendo, mamãe? — Emily perguntou.

— Eu não faço ideia, querida.

O aparelho lançou um brilho nos rostos dos três quando se aproximaram para dar uma olhada melhor. Chelsea estendeu a mão buscando o cabo de força.

— Você tem certeza de que deveria fazer isso? — Hancock perguntou.

— Nós já vamos descobrir — Chelsea puxou o cabo e a esfera ficou escura e silenciosa.

Chelsea voltou para a varanda segurando o roteador inanimado nas mãos. A confusão continuava a agitar a multidão.

— Ei! O que aconteceu com o Blog de Deus?

O Blog de Deus?

Chelsea não fazia ideia do que estavam falando, mas conseguiu atrair a atenção de todos.

— Atenção, todo mundo. Eu quero clientes que vão consumir, não clientes que vão *orar*. Façam uma fila e eu volto a ligar o roteador. Entenderam?

Como ovelhas atendendo à voz de um pastor, a multidão se alinhou na varanda formando uma fila que continuava na calçada. Mas ninguém estava mais interessado em reestabelecer a conexão da internet do que Manny, que acabava de chegar à loja sem nenhum fôlego, mas sorrindo, como um Golden retriever. Ele estava pronto para a ação com seu boné, os tênis de cano alto e um conjunto esportivo de nylon que devia ser de 1993.

Chelsea não conseguiu segurar a risada.

— Onde você conseguiu encontrar essas roupas, Manny? Você costuma comprar em brechós?

— Não, mas agradeço pela dica — ele respondeu.

Foi então que uma senhora de feições latinas se aproximou de Chelsea falando um espanhol muito rápido. As tranças negras como carvão se destacavam diante do cachecol com bordado de flores e cores vibrantes que ela trazia sobre os ombros. Chelsea tentou acompanhar as palavras daquela senhora, mas desistiu depois de algumas frases.

Manny ofereceu ajuda e colocou a mão sobre o ombro da senhora para acalmá-la. A certeza que havia na voz dele funcionou. A senhora entrou na fila junto dos demais clientes, apesar de as sobrancelhas arqueadas e o olhar suspeito a denunciarem mais como cética que como crente.

Chelsea devolveu um olhar cheio de dúvidas para Manny.

— Ela perguntou por que há tantas pessoas aqui — ele disse.

— E o que você disse para ela?

— *Vinieron a buscar a Dios* — ele respondeu. — *Eles vieram buscar a Deus.*

Manny desceu da varanda e foi ao encontro das pessoas que se amontoavam na grama.

— Vamos lá, todo mundo! Vocês já ouviram! Façam uma fila!

E assim Manny organizou a multidão diante do café.

— Com sua licença — Chelsea se virou e viu um belo homem com cabelos grisalhos. — Senhor, vou ter de pedir para que espere na fila como todo mundo.

— Eu não imaginei que haveria tantos corretores assim — ele respondeu, brincando.

— Dennis Darling! — Chelsea respondeu, cumprimentando-o com um firme aperto de mãos. — Não acredito que me esqueci do nosso compromisso. Hoje está uma... Bem, como você pode ver, está uma loucura!

— Acho melhor eu voltar mais tarde. Por volta do jantar, o que acha? Podemos comer um pouco, conversar sobre as suas necessidades e depois conhecer o imóvel.

— Nossa, isso soa muito... pessoal — Chelsea respondeu, com uma risada.

— É o jeito de Dennis Darling. Você gosta de pizza?

— Gosto — ela respondeu. — Meus filhos também gostam — acrescentou por cautela.

— Ótimo. Eu retorno por volta das sete da noite.

Dennis era confiante, calmo e irresistivelmente atraente. Chelsea tentou imaginá-lo perdendo aquela postura, mas não conseguiu. Devia ser o jeito de Dennis Darling. Ela reparou nas cabeças que seguiram Dennis enquanto ele saía da loja. Dennis não andava; ele flutuava. Mas ele não era o único flutuando ali.

Por detrás do balcão, sozinho, Manny dava conta de atender uma fila de clientes que se amontoavam porta afora. Ele fervia o leite, moía o café, anotava os pedidos; Manny era uma banda de um homem só. O uniforme espalhafatoso parecia muito bem coordenado. *Puf! Zum! Zip! Cha-ching!* De onde vinha toda aquela coordenação súbita era o que Chelsea queria descobrir, mas ela não conseguiu mais do que começar a cantarolar.

— Chefe, você está cantando? Já era hora! — exclamou Manny.

— Bem, esse é o nosso *grand finale*. Depois disso, vamos parar de vez — ela disse, amarrando o avental ao redor da cintura. — Mas agora, vamos vender um pouco de café!

Enquanto Chelsea e Manny atendiam cliente após cliente, acabaram recolhendo pequenos pedaços do mistério por trás daquela multidão. O Blog de Deus, como ficara conhecido, foi descoberto pela primeira vez pelo apresentador do principal programa de rádio de San Antonio, *Miles de Manhã*.

— Ele esteve aqui ontem à noite. Eu sabia que iria reconhecer aquela voz! — disse Chelsea para um ouvinte fanático.

Depois da sua visita, Miles contou para toda San Antonio que as pessoas poderiam falar com Deus ao se conectar na internet do Café dos Anjos. Por isso as pessoas tinham vindo, cada uma armada de uma pergunta — a pergunta mais importante que poderiam pensar em fazer para Deus com a certeza de conseguir uma resposta divina. Chelsea ficou boquiaberta com a quantidade de pessoas que haviam acreditado na história sem qualquer pergunta (além, é claro, da pergunta que queriam fazer para Deus).

Mas o Blog de Deus também tinha sua cota de céticos, obviamente, desde o primeiro dia. Chelsea viu um grupo de pessoas que ficavam no gramado da loja com braços cruzados e uma expressão de preocupação. Mesmo assim, para cada cético ela também via um fiel, e não era incomum ver pessoas do primeiro grupo mudando para o segundo.

— *Dios escuchó mis oraciones* — a senhora que falava espanhol estendeu os braços para além do balcão e puxou Chelsea para dar um abraço. — *Dios escuchó mis oraciones!* — ela exclamava, em lágrimas.

— Ela está dizendo que Deus escutou as orações dela — Manny traduziu.

— Ah, bem, fico muito feliz por ela — Chelsea disse tentando se libertar do abraço de urso daquela mulher. — Você pode dizer isso para ela?

Mas a chorosa senhora continuava a falar, sem dar chance a Manny.

— Ela está dizendo que tinha desistido de Deus. Mas hoje Deus mostrou para ela que se importa. Ele se lembra até das orações que ela fez em silêncio.

Quando aquela senhora terminou sua história, tirou o cachecol que trazia nos ombros e o entregou para Chelsea.

— É um presente — Manny disse. — Para você.

Chelsea sorriu ao receber aquele presente sincero. Ela não conseguia explicar o que estava acontecendo, mas de modo algum iria recusá-lo.

Capítulo 15

— Eu falei para o sr. Darling que não estava mais interessada em vender a loja! — Chelsea disse. — Pelo menos não por enquanto. Quero dizer, nós conseguimos juntar a metade da parcela mensal em apenas um dia. Um dia! Até o café acabou. Eu tive literalmente de desconectar o roteador para fazer todo mundo ir embora!

Tony e Sara estavam sentados do lado oposto ao de Chelsea e as crianças e duas caixas abertas de pizza, cortesia de Dennis Darling, entre eles.

— A propósito, acho que vocês deveriam conversar com Dennis sobre sua casa. Ele parece o cara certo para falar de imóveis hoje em dia.

— Na verdade — disse Sara, com um sorriso brotando no rosto —, nós aceitamos uma oferta hoje à tarde!

— Meus parabéns! Nós temos tantas coisas para comemorar hoje! — exclamou Chelsea. — Eu contei para vocês que havia mil dólares na jarra da gorjeta? Vocês conseguem acreditar?

Tony limpou a garganta.

— É mesmo muito difícil de acreditar— ele começou, mantendo os olhos fixos na cunhada. — Eu sou a favor de divulgar bastante a loja, Chelsea. Mas essa sua ideia...

Chelsea se manifestou.

— Mas eu não inventei isso, Tony. Vamos lá, deixa eu mostrar para você.

Dito isso, Chelsea levou a família até a despensa.

— Basta eu ligar o cabo que ele se acende — Chelsea conectou o cabo de força. — Assim.

O aposento se encheu de uma luz azul. Tony experimentou dar uma olhada mais próxima no roteador brilhante.

— Não tem marca. Nenhum número. Nada. De onde você disse que ele veio, mesmo?

— Não faço ideia. Eu imaginei que as informações sobre a empresa estariam no roteador, mas não há nada.

— E quando as pessoas se conectam aqui na loja só há um *site* funcionando? — Tony perguntou.

— Isso.

— E quando as pessoas perguntam, alguém responde? — perguntou Sara.

— Por que vocês não veem por si mesmos?

Então Sara começou a ler o cabeçalho do *blog*: "Vá em frente, pergunte. Eu responderei."

— Só isso? E as pessoas ainda caem nesse truque? — disse Tony, olhando por cima dos ombros de Sara.

— Pelo jeito... — Sara começou a passar os olhos pelas respostas que apareciam na tela do *tablet*.

Pergunta: Você não é de verdade, não é? Se você fosse real, você já teria ouvido minhas preces de semanas atrás. Como o moinho fechou, eu continuo sem emprego e sem conseguir entrevistas. Eu já mandei centenas de currículos. Minha esposa está preocupada. Eu tenho filhos e uma hipoteca para pagar, e também tenho muitas, muitas dúvidas.

Resposta: Imagine que seu filho diz algo parecido para você. "Você não é meu pai de verdade. Faz um mês que venho pedindo uma nova bicicleta. Um pai de verdade já teria me dado." Será que o pai de verdade é aquele que faz o que o filho quer? Não, é o pai que faz o que é certo para o filho.

É o que eu estou fazendo. Eu sei que você está cansado. Tenha paciência. Eu ouço suas orações. E eu conheço o dono da outra empresa.

Pergunta: Eu tenho dificuldade de dormir à noite. Não consigo tirar a cabeça de todos os problemas que preciso enfrentar no dia seguinte. Por que eu não consigo dormir?

Resposta: Suas noites são longas porque você carrega muito medo consigo. Eu tenho prestado atenção em você. Por que você não entrega esses medos para mim? Pare de tentar consertar todo mundo (incluindo seu marido) e de tentar entender tudo. Faz algum tempo que eu não ouço você rir. Dê um tempo. Eu amo quando você fica feliz. Lembre-se, venha a mim quando estiver cansada. Eu posso ajudar.

Sara afastou os olhos do *tablet*.

— Eu não posso dizer que discordo.

— Mesmo assim, ficar respondendo às perguntas dos outros, dizendo que é Deus? Para mim, parece um jeito bastante insensível de divulgar um *site* — Tony acrescentou.

Sara continuou lendo as perguntas:

Por que não consigo entender minha vida? Meu marido me ignora. Como posso conseguir a atenção dele?

— Eis aqui uma pergunta profunda — Sara disse.

Deus, você está mesmo aí?
Sim, eu estou.

Chelsea riu.

— Seja lá quem estiver respondendo, pelo menos é alguém bem humorado!

Pergunta: Querido Deus, o dinheiro que é meu e da Carla está acabando por conta dos nossos inúmeros gastos com médicos. Só temos mais oitocentos dólares *guardados na poupança. Será que você poderia me indicar em qual roleta eu devo apostar hoje à noite? Prometo dividir o prêmio pela metade com você! Com amor, Bronson.*

Resposta: Querido Bronson, em vez de apostar o pouco que resta na sua poupança, por que não usar o dinheiro para pagar a hipoteca e diminuir um pouco a dívida? Confie em mim. Busque sabedoria. Dê-me uma chance de prover. E, por favor, diga para Carla que eu dei um oi. Fico feliz em ver que ela está se recuperando da cirurgia. Com amor, Deus.

— Nossa. Essa foi bem forte — Sara comentou.

— E bem específica — Chelsea disse.

— Deus sabe de tudo? — Emily perguntou.

— É claro que ele sabe — Tony respondeu. — Mas ele jamais responderia às perguntas das pessoas em um *blog* metido a besta — Tony se virou para Chelsea. — Deve ser algum algoritmo. Alguém pode estar roubando as informações dos seus clientes, como se estivesse usando os *cookies* da internet deles, ou algo do tipo.

— Mas por que alguém faria isso justo aqui? — perguntou Chelsea.

— Olha, Tony! É a pergunta do Miles! — Sara disse.

Pergunta: Apostando na chance de que isso não seja um truque, vamos lá... Querido Deus, eu me sinto muito afastado do meu filho. Ele está obcecado por videogame. Outro dia eu fiquei tão bravo com ele que joguei tudo na piscina. Ele acabou dizendo que me odeia e ameaçou fugir de casa. Ajude-me. Miles.

Resposta: Querido Miles, por que se preocupar com o videogame do seu filho, mas não com o seu laptop? Faça alguma coisa com o Matthew. Ele só quer a sua atenção. Talvez você se surpreenda ao descobrir o quanto ele deseja passar algum tempo com você. Já que estamos falando no assunto, o mesmo vale para mim! Espero falar com você em breve. Com amor, Deus.

— E quantas perguntas você pode fazer? — Hancock parecia animado para experimentar ele mesmo o Blog de Deus.

— Só uma. Isso de acordo com os clientes.

— Muito bem, mas, o que aconteceria se eu fizesse uma pergunta pelo celular e depois pegasse o celular do meu amigo emprestado para fazer outra pergunta?

— Muita gente já tentou isso — Chelsea disse —, mas não funcionou. É como se... de algum modo, o *blog* soubesse.

Tony desligou o *tablet* e o guardou em uma capa bem justa. — Muito bem, pode abrir o jogo conosco. Quem é que está respondendo?

— Só trabalhamos Manny e eu aqui. Você acha mesmo que é um de nós dois?

— Está claro que é alguém daqui — disse Tony. — Essa é a explicação lógica!

— Bem, você pode... experimentar — Chelsea respondeu.

— Boa ideia — Sara disse, apanhando o *tablet* de Tony. — Vamos lá, isso vai ser divertido. Quem quer fazer uma pergunta?

Emily e Hancock estavam cheios de ideias.

— Pergunte sobre a fada do dente!

— Não, pergunte sobre os dinossauros. Ou os alienígenas. Não, espera! Pergunta se ele faz questão de nos ver na escola! — Hancock disse.

— Essa não é uma pergunta válida — Chelsea respondeu.

— Eu tenho uma pergunta — Tony disse. — Se ele for mesmo Deus, então por que ele responde através de um *blog*?

— Boa pergunta! — Chelsea disse.

— Muito bem, a vencedora foi a pergunta do Tony — Sara começou a mexer na tela do *tablet*, escrevendo a pergunta para o *blog* misterioso. O grupo todo se posicionou ao redor dela, esperando ansiosamente pela resposta.

— Lá vem ela! — gritou Hancock.

Sara se aproximou do *tablet* e leu em voz alta.

Resposta: Querido Tony, você já se perguntou por que eu respondi a Gideão com a lã e a Balaão com uma jumenta? Ou por que eu falei com Jó através do vento forte e com Elias com voz mansa? Eu conduzi Moisés com uma nuvem e os reis magos com uma estrela. Por quê? Responda a essas perguntas e você encontrará a sua resposta.

— Nossa — disse Sara, colocando o *tablet* na mesa. — O que vocês acham dessa resposta?

— Mas qualquer um poderia ter escrito isso! — Tony respondeu.

— Pode ser. Mas foi uma pergunta que você fez e eu digitei. E a resposta começou com "Querido Tony"! Como é que a pessoa poderia saber?

— Porque o *tablet* é meu. Como eu disse, deve ser um algoritmo ou algo do tipo.

Mas Hancock é quem ofereceu a explicação mais simples de toda.

— Talvez seja Deus mesmo.

Capítulo 16

Chelsea acordou sentindo o aroma de café recém-feito. Abriu os olhos e percebeu Emily a alguns centímetros de seu rosto, um sorriso enorme e uma caneca bem quente de café coberta com uma dose generosa de chantili.

— Eu fiz seu café — Emily disse enquanto oferecia a caneca para a mãe. — Dá para fazer bem rápido no micro-ondas.

— Uau... muito obrigada — Chelsea tentou espantar o sono dos olhos.

As duas semanas de trabalho incessante no café haviam acabado com ela. Graças ao Blog de Deus, o Café dos Anjos agora funcionava em turnos de doze horas e sete dias por semana. Pela primeira vez em meses Chelsea tinha a oportunidade de respirar. Ao menos, na área das finanças. As duas primeiras parcelas devidas à Receita Federal haviam sido pagas com antecedência e ela conseguira investir a renda que sobrara do mês em um segundo forno industrial, o que permitiria que ela e Manny produzissem mais das deliciosas comidas. Mesmo assim, uma questão incômoda ainda rondava a cabeça de Chelsea: por quanto tempo tudo aquilo duraria?

O sucesso repentino da loja nada tinha a ver com Chelsea, mas tinha tudo a ver com o Blog de Deus. Ela não conseguia controlá-lo, antecipá-lo e nem mesmo explicá-lo. Mas Chelsea também não podia renegar o *blog*. A fé não era algo tão fácil para ela, mas Chelsea logo se viu vivendo da fé em cada um de seus dias — o que deve ter contribuído para toda aquela exaustão, já que, pela segunda vez na semana, pegara no sono logo depois de terminar de varrer a cozinha.

— Faz tempo que eu estou dormindo? — ela perguntou, dando um gole no monte de chantili.

— Hum... Eu já terminei de resolver três problemas de matemática. Então deveriam ser ao menos trinta minutos.

— Bom trabalho, querida! — Chelsea disse. — Por que não preparamos o jantar e depois terminamos o resto juntas? Eu também preciso resolver uns probleminhas de matemática.

Chelsea voltou com Emily para a cozinha.

— *Bueno* — Emily disse. — Hancock *para va la*... comida chinesa.

— Ele o quê?

— Ele foi comprar comida chinesa para o jantar. Mas não precisa se preocupar, ele pegou a sua carteira.

— Ele saiu? Mas por que ele não me acordou?

— Ele disse que você não gosta de comida chinesa.

— Vocês não podem sair sem me avisar — disse Chelsea, com firmeza. — Entendeu?

Emily fez que sim.

— Então o Hancock está encrencado?

— E por que eu estaria encrencado? — Hancock apareceu na porta da cozinha com duas sacolas cheias de compras.

— Você não pode sair em permissão — disse Chelsea, em desaprovação. — E você sabe disso.

Hancock deu de ombros.

— Você parecia muito cansada.

Chelsea ameaçou abrir a boca para descarregar toda a sua frustração, mas parou no meio do caminho tomada pela crescente suspeita de que os jovens ombros do filho já carregavam maior peso do que deveriam. Com um gesto, apontou para as sacolas de compras.

— Eu pensei que você tivesse ido comprar comida chinesa.

— E eu fui. Mas achei que seria melhor comprar coisas de que realmente precisamos. Quase tudo já acabou.

Chelsea se sentiu atingida por uma pontada de culpa. Passar no mercado era uma das tarefas de sua lista mental que já durava mais de uma semana.

— Eu encontrei o Bo e ele se ofereceu para me trazer de volta, por isso acabei comprando um monte de coisas — Hancock então apontou para o salão, onde um Bo desconfortável se detinha com mais duas sacolas de compras nas mãos.

— Desculpe se eu causei algum problema — Bo disse.

— Não, não — Chelsea respondeu, amenizando o pedido de desculpas. — Todo mundo está tentando ajudar. Mas acho que precisamos trabalhar mais nossa comunicação. Ter certeza de que estamos todos falando a mesma língua. Entendeu? — Chelsea cravou o olhar em Hancock. Antes que ele pudesse responder, Emily se intrometeu.

— *Intiendo*!

E todos riram.

— O que foi? Eu falei errado?

— Não, você falou do jeito certo — Chelsea respondeu, abraçando as crianças. — E então, o que vamos jantar?

— É aí que eu entro — Bo disse. — Sei fazer um ótimo molho marinara. E o Hancock disse que é um mestre na arte de cozinhar espaguete. Então, se as damas não se incomodarem em deixar a cozinha para os homens hoje, logo estaremos jantando.

Agora sim Bo estava falando a mesma língua que Chelsea.

*

— Você está muito quieto, Hancock — Chelsea disse enquanto saía da cama de baixo do beliche. Emily tinha acabado de ler uma de suas histórias favoritas, *La princesa y la*... ervilha. A menina precisava fazer uma bela apresentação na aula de leitura do dia seguinte e queria praticar um pouco. Chelsea se animou ao ver que a filha tinha facilidade cada vez maior com a língua espanhola.

Hancock não respondeu e, por isso, Chelsea se levantou e viu o filho deitado na cama de cima, os olhos abertos fixados no teto.

— Está tudo bem? — perguntou.

Hancock deu um suspiro profundo e virou o rosto na direção da mãe. Chelsea não era fluente na língua dos meninos de doze anos, mas tinha quase certeza de que aquilo significava que ele estava pronto para falar.

— Aconteceu alguma coisa na escola? Algum problema com os amigos?

— Eu não tenho nenhum amigo. Então, não. Mas isso... tanto faz. Eu cheguei depois e todo mundo já tem seus amigos.

Chelsea sentiu pelo filho. Todas aquelas mudanças haviam sido muito duras para ele; Chelsea não conseguia nem imaginar o que era passar por tudo aquilo ainda estando na escola.

— Então o que se passa na sua cabeça?

Hancock apoiou a cabeça no braço, com o cotovelo no travesseiro.

— É que... tudo é sempre a loja, o tempo todo. Eu queria que tudo voltasse ao normal.

— Sei que estamos um pouco ocupados, mas estamos em uma fase de aprendizado. Todos nós estamos aprendendo a viver um novo normal.

— E por que nós não podemos voltar para o velho normal?

Hancock sabia perfeitamente que aquela era uma pergunta óbvia. Apesar de ele já saber a resposta, não conseguiu evitar a pergunta. Naquela noite, a verdade se concentrava em seus úmidos olhos azuis.

— Nós temos de continuar seguindo em frente. Além do mais, você não quer ter uma mãe que não consegue tomar conta de uma loja, nem da sua família — Chelsea respondeu, apertando a mão do filho em um gesto de reafirmação. — Eu prometo que vou arranjar algum tempo só para nós. Mesmo que eu tenha que contratar mais alguém para ajudar na loja.

— Você promete? — Hancock perguntou com voz frágil e trêmula.

— Eu prometo... *mesmo* — Chelsea respondeu. Ela falava a verdade.

Hancock deve ter percebido aquela verdade na voz da mãe, pois o peso que ele carregava pareceu se aliviar do peito tão logo a mãe respondeu. Naquele momento, Chelsea sabia que tudo que tivesse de fazer para cumprir aquela promessa valeria a pena.

Capítulo 17

— Foi o céu que me trouxe aqui. Eu busco arte, vitalidade e valor nas minhas ambições profissionais. Bastou tirar os olhos do jornal para ver. O sinal estava bem à minha frente.

A curiosidade de Chelsea estava eriçada.

— Que tipo de sinal?

— O sinal do Café dos Anjos — disse Katrina. — Foi incrível.

— Certo...

Katrina era a terceira entrevistada de Chelsea para a vaga recém-aberta na loja. Ela usava bijuteria de miçangas, uma camiseta tingida à mão e uma saia longa e esvoaçante. O rosto angulado se emoldurava com cabelos vermelhos berrantes, completado por olhos e lábios pintados com um prateado brilhante.

— E você espera encontrar arte, vitalidade e valor trabalhando em um café?

— E por que não? — perguntou Katrina. — Café é o bem mais vendido no mundo; perde apenas para o petróleo.

— Nossa, eu não fazia ideia!

— É possível viver sem ouro ou prata, mas experimente passar um único dia sem café. Agradeço, mas não.

— Não poderia concordar mais — disse Chelsea.

Ela tinha um bom pressentimento sobre Katrina. Chelsea chamou Manny à mesa e apresentou os dois.

— Parece que você vai ter uma nova companheira especialista em café expresso! Esta é Katrina. Depois de entrevistar os outros candidatos, estou convencida de que ela veio do céu. Você tem alguma pergunta para ela antes de vocês começarem a trabalhar?

*

Manny ficou avaliando a jovem. A julgar pela aparência peculiar, havia uma chance de cinquenta por cento de ela ter sido mesmo enviada pelo céu. Mas só havia um jeito de descobrir. Manny cruzou os braços e disparou uma série de perguntas.

— De onde você é?

— Acabei de me mudar de Phoenix.

— E a quem você responde?

— Acho que para o meu tio Frank. Eu estou morando com ele.

— O que você sabe sobre o Blog de Deus?

— O quê? Eu não sou boa com computadores.

— E você é boa com pessoas?

— Não tão boa quanto você — respondeu Katrina, em seco.

O sorriso de Manny conseguiu vencer a fachada de durão que ele assumira. Instantes depois Katrina estava trabalhando com ele por trás do balcão.

Capítulo 18

Comparado ao tagarela Manny, Katrina era uma jovem de poucas palavras, mas sem ser tímida ou covarde. Ela apenas preferia que seu trabalho, ou sua "arte", como gostava de chamar, falasse por ela. E como ela conseguia se expressar! Como agradecimento pela contratação, Katrina preparou a bebida preferida de Chelsea, um *latte* simples. Acontece que aquele *latte* era qualquer coisa, menos simples.

Chelsea ficou olhando enquanto Katrina despejava duas doses de expresso na tela limpa de uma caneca branca. Depois, vaporizou o leite à perfeição. Mas ela não apenas despejou aquele conteúdo sobre o café de qualquer jeito. Não. Katrina apanhou um recipiente de aço inoxidável do balcão e desfez as bolhas maiores do leite. Despejando devagar o líquido branco na caneca, começou a mover o pulso para frente e para trás. Segundos depois, Katrina revelou sua obra de arte: um *latte* coberto com uma espuma com o desenho do planeta Saturno.

— Isso está lindo! Muito obrigada, Katrina.

Chelsea estava muito grata. Com Katrina, Chelsea passou a ter tempo livre durante o dia para se dedicar ao preparo das comidas que fazia no forno novo, além de arranjar tempo para almoçar com as crianças. Para o deleite de Chelsea, também os clientes se empolgavam com a nova funcionária.

A correria daquela tarde se devia a uma família bastante agitada que havia se mudado há pouco para San Antonio. O sotaque deles os entregava como nova-iorquinos, de modo que Katrina aproveitou para dar um gostinho familiar: preparou *cappuccinos* adornados com a imagem da Estátua da Liberdade. O pai da família deixou uma gorjeta de cinquenta dólares.

Na calmaria que se seguiu, Katrina ficou observando, perplexa, enquanto a família dos nova-iorquinos acessava o Blog de Deus e depois se juntaram para oferecer uma oração repleta de lágrimas para os céus.

Chelsea então perguntou:

— Você já experimentou o Blog de Deus?

— Não. Fazer apenas uma pergunta... Parece muita pressão. E será que é mesmo verdadeiro?

— É claro que é verdadeiro! — intercedeu Manny. — Será que é *tão* difícil acreditar que Deus está respondendo às perguntas das pessoas por meio de um *blog* alojado no café?

— Bom, da maneira que você falou... — Chelsea começava a dizer, antes de se derreter em risadas com Katrina.

— Pense um pouco — disse Manny. — O Criador do Universo está disposto a responder sua pergunta mais íntima... E você não se dispõe nem a perguntar? E se Deus estiver *mesmo* do outro lado daquela conexão de internet?

Chelsea refletiu sobre a lógica um tanto audaciosa de Manny. Mas por pouco tempo. As luzes da loja começaram a variar e então... *zap!* Escuridão completa.

Usando a luz da tela do celular, Chelsea inspecionou os fusíveis do quadro de força localizado na despensa. Tentou mexer em algumas alavancas, mas não conseguiu nada. Ela precisava de alguém que entendesse do assunto.

— Desculpe-me, pessoal! — anunciou. — Parece que vamos ter de fechar mais cedo hoje!

Manny e Katrina distribuíram cupcakes de consolação aos clientes que deixavam a loja enquanto Chelsea acatava a sugestão do filho de ligar para o vizinho e pedir ajuda de um especialista.

Bo chegou logo depois com uma lanterna na mão.

— Acho que o seu problema está bem ali — ele disse iluminando o forno industrial novo. — Você tem sorte de não ter começado um incêndio. É preciso tomar cuidado com essa fiação de alumínio de prédios antigos como este.

— E quanto você acha que vai custar para consertar? — disse Chelsea, se preparando para o pior.

— Não deve passar de algumas centenas de dólares. Eu posso

refazer a fiação até o forno em algumas horas. Sugiro que você troque toda a fiação de alumínio, mas isso vai atrapalhar você até terminar tudo.

— Quer dizer que você vai fazer isso por nós?

— Com uma condição.

— Sim?

Bo apontou a lanterna para Hancock e Emily.

— Leve esses dois pequenos para passear. Eu acho que vocês estão precisando de um descanso.

*

Chelsea não poderia ter ficado mais satisfeita. Ela havia demorado apenas quarenta e oito horas para cumprir a promessas que havia feito para Hancock de passar algum tempo se divertindo em família.

Quarenta e oito horas! Queria ver o Sawyer bater esse recorde.

O fato de o filme favorito de Hancock estar passando em uma sessão de reprises do cinema foi a cereja do bolo.

— Quatro entradas para *Guerra nas estrelas*, por favor.

Diante da revelação chocante de Manny de que ele jamais havia assistido a *Guerra nas estrelas*, Hancock insistira com a mãe para que ele fosse o convidado da noite. Chelsea não tinha certeza sobre o que mais divertia os filhos, se era assistir ao filme em si ou ver Manny assistindo ao filme. Emily e Hancock rolaram de rir quando ele pulou de susto ao ver Darth Vader, derrubando pipoca em todo lugar. Ele teve muita dificuldade de aceitar a morte de Obi-Wan Kenobi, mas, quando Luke lançou os torpedos de próton na direção da Estrela da Morte, ninguém conseguia fazê-lo ficar sentado.

Chelsea ficou aliviada ao voltar para casa e ver a eletricidade funcionando como Bo prometera. Ele havia deixado um bilhete, acrescentando uma passagem bem familiar das Escrituras logo abaixo da assinatura: "O Senhor está perto de todos os que o invocam" (Salmos 145:18).

Chelsea fechou os olhos e aproveitou aquele momento. Pela primeira vez em muito tempo ela não se sentia inútil ou sozinha. Ela tinha a ajuda de que precisava no café. Bo estava se mostrando um anjo protetor. Até Hancock e Emily estavam conseguindo lidar com o novo conceito de normal.

Chelsea então começou a subir as escadas para colocar as crianças na cama. Mas, um pouco antes de abrir a porta do quarto, algo a fez parar. Era o doce som da risada dos filhos.

— Foi muito engraçado! — Hancock disse. — Você precisa conhecer ele, pai! Ele estava gritando e torcendo o tempo todo!

— Tinha pipoca por todo lado! — Emily acrescentou.

Mesmo no viva-voz, a risada de Sawyer ecoava pelo corredor.

— Eu queria que você estivesse lá, papai.

Sawyer. Chelsea ainda não sabia qual era o papel dele no novo normal.

— Ei, talvez, na próxima noite da família, você poderia aparecer! — disse Hancock.

— Por mim, tudo bem! Mas é melhor você deixar a decisão para a mamãe.

Capítulo 19

Manny tinha de chegar bem perto, mas, ainda assim, dava para ver. Uma imagem começava a surgir na caneca. Ele segurava o fôlego enquanto trabalhava, inclinando a caneca de um lado para o outro enquanto o líquido branco marmoreava o escuro expresso. Manny tinha conseguido aprender uma série de movimentos impressionantes com Katrina na última semana. Ele não sabia muitas coisas sobre a última contratação da equipe, mas sabia que gostava dela. O tiroteio em forma de questionário que ele fizera serviu para dirimir a teoria de que Katrina seria também um anjo. Mesmo assim, ele tinha um palpite de que era mais do que parecia ser.

Preciso perguntar sobre ela para o Gabriel, disse para si mesmo enquanto arrematava o *latte* com um gesto rápido do punho. No fim das contas, o desenho de uma folha parecia mais um milho na espiga, mas já era uma melhoria considerável em relação à massa disforme que ele tentara na manhã anterior.

Manny aprendera a amar as manhãs silenciosas na loja. Não são muitos os empregados que apreciariam a responsabilidade extra, mas quando Chelsea perguntou se ele poderia assumir as preparações matinais para que ela pudesse passar mais tempo com as crianças, ele logo se prontificou (e ainda conseguiu permanecer de pé, sem cair).

A loja se tornara um local de intensa movimentação desde que o Blog de Deus surgira. Porém, por mais que Manny gostasse da correria dos clientes, seus momentos favoritos aconteciam sempre no quarto de orações da vovó Sophia.

Ele seguiu um rastro de orações que levava a um par de portas escondidas entre as escadas e o salão. Abrindo as portas sanfonadas, Manny bebia do visual e dos sons daquele quarto ensolarado com tons pastéis e forrado de caixas, antiguidades e enfeites de eras passadas. Cortinas delicadamente enfeitadas com laços emolduravam uma janela cuja vista era perfeita, ainda horas antes de inundar o quarto com luz. Aninhada debaixo daquele flutuante tecido antigo, uma poltrona enfeitada por uma almofada bordada com a frase *Vivendo de café e oração*. Manny bebeu um gole de café e ocupou aquele lugar. Os sussurros se transformaram em palavras e frases surgiam da fumaça. Ele fechou os olhos para ouvir aquela sinfonia... Do tipo que só os anjos ouvem.

Ó, Pai, tu és fiel e verdadeiro...

Eu preciso da tua ajuda, Deus...

... traz cura para minha família.

Senhor, abençoa minhas filhas..."

Décadas de orações ressoavam pelo quarto pequeno. Orações que passavam pelos lábios por um instante, mas que duravam pela eternidade.

... ajude minhas filhas a perdoar o pai...

... obrigado por sua misericórdia...

Senhor, dê a Chelsea a graça de que ela precisa...

Que seus anjos estejam em volta da minha família...

... permita que este lugar seja uma casa de oração.

Enquanto Manny mergulhava no coro de orações, seus olhos vasculhavam o labirinto de memórias que preenchiam o quarto. Debaixo do filme de poeira existia um passado colorido. Pilhas de álbuns de fotografias, um arco-íris de livros, recortes de jornais. No canto mais afastado, um imponente armário exibia fileiras de copos âmbar e verdes dos tempos da Grande Depressão, misturadas a prêmios e trabalhos escolares. À direita de Manny, uma vitrola descansava sobre uma pilha de discos de vinil, rodeada por várias tapeçarias feitas à mão e pequenos cavalinhos de balanço mexicanos.

Recordar as férias da família em Acapulco fez Manny sorrir. Ele ainda conseguia enxergar uma Chelsea sem preocupação alguma, pulando sobre as ondas do mar, uma mão dada à mãe, a outra agarrando a do pai com firmeza. Manny havia passado por tudo isso ao lado de Chelsea. Apesar de todo o progresso alcançado, Chelsea ainda tinha muito a fazer.

Manny fechou as portas. Ao fazer isso, uma imagem passou diante dele. Uma visão daquele quarto a partir do céu. Cortando a paisagem escurecida da vizinhança, um brilho emanava daquele canto do café. Manny tinha certeza de que aquele canto esquecido estava destinado a ser mais do que um depósito de lembranças; aquele espaço era sagrado. Uma casa de oração. Apesar de abandonado por algum tempo, Manny suspeitava de que aquele quarto logo voltaria a ser bem aproveitado.

Capítulo 20

— Bom dia, Manny! Você viu... — A imagem de Manny vestindo uma blusa de lã toda decorada com motivo natalino pareceu arrancar as palavras da boca de Chelsea. Os bolsos eram decorados com sinos e totalmente bordados, e os botões no meio da blusa estavam curiosamente disfarçados de enfeites de uma árvore de Natal de cima a baixo. O último botão era uma estrela brilhante.

— Bom dia, Chelsea! O que foi que eu vi? — Manny desfilava pelo corredor, com seus sinos tilintantes.

— Humm... Você viu... Meu telefone celular? Isso, meu celular! É isso que eu estou procurando — Chelsea começou a procurar pela loja, irrompendo em uma erupção de gargalhadas.

— Ainda não encontrou? Vou ficar de olhos abertos!

— Se não aparecer logo, vou ter de abrir mão dele e comprar outro. Não que eu me importe com essa falta — Chelsea amarrou um avental na cintura, preparando-se para o massacre matinal dos clientes que já esperavam na porta. — Será que essas pessoas não dormem? Hoje é sábado! E férias, ainda por cima!

— Chelsea, você já pensou em expandir? — Manny arriscou.

— Expandir?

Manny apontou para o quarto entre a escada e o salão. Chelsea olhou para a porta e sorriu. Tinha a cabeça cheia de lembranças felizes. Quando sua avó Sophia abriu o café, "a saleta", como ela chamava, oferecia um refúgio pacífico para clientes que queriam ler ou estudar. A mãe de Chelsea amava tanto o quartinho janelado que decidiu tomá-lo para si.

— Mamãe tinha transformado essa saleta em seu quarto de oração. É um cantinho adorável, não é?

— Acho que caberiam de dez a quinze pessoas aí.

Depois de uma arrumação e uma camada fresca de tinta, Chelsea conseguia imaginar o quarto cheio de clientes, talvez até atraindo clientes novos. Mas os planos para o futuro teriam de esperar o momento certo. Os clientes do dia já estavam batendo à porta.

*

As manhãs dos fins de semana não costumavam ser muito corridas, mas aquele sábado provava ser uma exceção. Os boatos sobre o *blog* estavam se espalhando e os clientes dirigiam quilômetros de distância para ocupar um lugar no café e fazer sua pergunta. Eles vinham de Dallas, de Austin e do Vale do Rio Grande. Ultimamente, também vinham de Santa Fé, Little Rock e até de Tulsa.

Por sorte, Manny já havia chegado e Katrina estava bem perto. Essa ajuda extra para Chelsea não podia ter chegado em melhor hora. Os dois formavam uma dupla dinâmica. Manny trazia simpatia e personalidade; Katrina acrescentava experiência e técnica. Na verdade, a chegada de Katrina ao café tinha criado uma onda própria de novos clientes, quase todos *connoisseurs* de café que apreciavam a experiência daquela artesã. A julgar pela quantidade de canecas térmicas com o logotipo do Café Cosmos, podia-se dizer que eram muitos os convertidos de Katrina. Era seguro dizer que o Café dos Anjos estava fazendo a loja Cosmos mais próxima correr atrás da clientela.

Chelsea se esgueirou de volta para o andar de cima a fim de aproveitar um café da manhã em família. Hancock levava jeito para ser um grande *chef*, e Emily já provara ser uma ótima experimentadora. Juntos eles haviam preparado uma das receitas preferidas da família: panquecas com canela e noz-pecã. A cozinha tinha cheiro de manhã do dia do Natal. Ou talvez fosse apenas Chelsea, que se sentia mais festiva desde que encontrou Manny.

— Você não vai usar isso hoje de verdade, vai, mãe? — Hancock perguntou enquanto desciam para encarar a multidão.

A pergunta pegou Chelsea desarmada. Chelsea olhou para a roupa que estava vestindo. Talvez os Crocs roxos fossem mesmo um erro, mas a calça jeans e a camiseta preta não pareciam ofensivos.

— Está tão ruim assim?

— Bem... — o rosto de Hancock se retorceu em uma expressão não muito boa.

Chelsea se virou para perguntar aos dois funcionários sobre o que pensavam a respeito, mas se deteve ao ver Katrina vestindo uma minissaia xadrez, camisa listrada e calçando botas militares até os joelhos, e Manny, bem... fantasiado de ajudante de Papai Noel.

— É que faz você parecer velha, eu acho — disse Hancock.

Instantes depois, Chelsea voltava ao salão com um par de calças cáqui e uma esvoaçante blusa de cambraia. Ela sabia que o All-Star azul-marinho não estava muito melhor do que os Crocs roxos, mas esperava que eles comunicassem uma ideia de juventude.

— Acho que está melhor — Hancock disse enquanto subia com Emily para ver desenhos.

Desde quando seu filho tinha se alistado na polícia da moda? Mas não demorou para Chelsea agradecer a intervenção dele.

— *Konichiwa*, srta. Chambers — uma jovem intérprete japonesa falava por um importante empresário conterrâneo. Ele entregou a Chelsea uma caixa embalada com um delicado papel florido. — Em nome do diretor, sr. Takeda, por favor, aceite este presente singelo.

— Hum, oi — Chelsea apanhou o pacote e inclinou a cabeça, torcendo para aquele ser o gestual apropriado. — E... Muito obrigada. O que o traz ao Café dos Anjos?

— O sr. Takeda veio à sua loja em busca de sabedoria. Veio para perguntar a respeito do seu Blog de Deus.

— Bem, eu não diria que ele é meu...

Mas a humilde explicação de Chelsea foi interrompida por um tagarela sr. Takeda. A intérprete se esforçava para acompanhá-lo.

— Obrigado! Obrigado por tudo! Sua loja é um dom precioso vindo do céu. Por anos minhas dúvidas e questionamentos me assolaram, mas Deus sabia de tudo. Hoje, estou livre do meu fardo!

Enquanto o sr. Takeda e sua intérprete deixavam o café, Chelsea copiava os sorrisos e os gestos da dupla, ainda esperando que fosse aquele o comportamento culturalmente esperado. Ela não conseguia imaginar o que aquele curioso homem havia perguntado no Blog de

Deus, mas ela não podia negar a sinceridade de sua gratidão. Nem os mil dólares que ele deixara na jarra da gorjeta.

A curiosidade então tomou conta de Chelsea. Com o celular ainda sumido, ela usou o telefone de Katrina para olhar o Blog de Deus enquanto bebia de sua nova e delicada xícara japonesa.

— Isso só pode ser brincadeira — Katrina disse com um tom mais do que zombeteiro.

Chelsea e Katrina olhavam com olhos arregalados a tela do celular. A pergunta do sr. Takeda era ilegível para elas. A pergunta inteira fora feita com o alfabeto japonês. Mas eis o mistério: a resposta também. Chelsea ficou espantada com a singularidade daquilo tudo. O café, o *blog* misterioso, os clientes vindos do Arkansas, de Oklahoma, e, agora, do Japão.

— Acho que não tem como esse dia ficar mais estranho.

Chelsea falou cedo demais.

— E aí, gatinha?

Ela olhou para frente e viu Sawyer na sua loja.

Capítulo 21

— Está um lindo dia lá fora, não é? — perguntou Sawyer.

O tempo? Por que ele está falando sobre o tempo? Por que ele está aqui, em primeiro lugar?

Chelsea podia dizer muitas coisas naquele momento, mas nenhuma delas incluía a chance de chover naquele dia.

— Katrina, será que você pode assumir o caixa, por favor? Eu volto em um segundo.

Enquanto Chelsea levava Sawyer para um canto mais tranquilo do café, ela percebeu que o silêncio tomava conta do salão. Com o canto do olho ela viu telefones celulares e *tablets* se erguendo no ar, como se a gravidade perdesse o efeito. O *show* de Sawyer Chambers tinha começado. *Snap. Click. Ching.* Os clientes se transformaram em *paparazzis*. Os mesmos celulares e *tablets* que instantes atrás faziam perguntas para Deus agora transmitiam aquele acontecimento para o universo inteiro.

Chelsea se inclinou na direção de Sawyer e começou a falar quase sussurrando:

— Desculpe, mas será que estou esquecendo algo? Nós não nos falamos há semanas e, de repente, você aparece aqui como se nós fôssemos velhos amiguinhos?

Velhos amiguinhos? Quem é que diz isso? Controle-se, Chelsea, você está sendo filmada.

— Mas eu pensei que...

— Você pensou o quê?

As sobrancelhas de Sawyer se contorceram como as de um gatinho manhoso. Chelsea odiava aquela expressão. Como se um pequeno gesto encantador pudesse absolvê-lo de toda a culpa.

Hoje não.

Chelsea tinha algumas regras e Sawyer as estava quebrando. Pior, ele agia como se tivesse esquecido dessas regras. Mas Chelsea não as esquecera.

— Aqui está — Manny se aproximou da mesa com uma xícara de café em cada mão. Chelsea notou que ele havia tomado a infeliz decisão de dobrar o avental para baixo, como se a árvore de natal da blusa precisasse de luz do sol e de ar. — Um para você. E outro para você. Os sinos do bolso de Manny tilintavam a cada movimento.

— Obrigado, mas não será necessário. O sr. Chambers está de saída — disse Chelsea. Mas Manny já havia saído dali.

— Mas quem diria — Sawyer disse.

Chelsea olhou para a xícara e viu o que parecia a tentativa de Manny de desenhar alguma coisa na espuma. Seria um coração? Chelsea desfez a decoração mexendo a colher.

— Qual é a do ajudante do Papai Noel? — brincou Sawyer.

— O nome dele é Manny. E ele é ótimo.

— Sei. Olha, Chel, eu estava em uma entrevista de emprego por aqui quando eu recebi aquela mensagem e...

— Uma entrevista de emprego? Aqui perto? — Chelsea estava ficando sem ar.

— Com licença — outra interrupção. Dessa vez, de uma maria--chuteira bem curvilínea.

— Como posso ajudar? — Chelsea perguntou.

Mas a mulher passou batido por Chelsea.

— Será que você pode me dar um autógrafo?

— Claro que sim — Sawyer abriu um sorriso alvo como teclas de piano. — Qual é o seu nome?

— Jessica — disse ela, com uma risadinha, antes de entregar um pedaço de papel a Sawyer. Chelsea não deixou de notar que ela não usava aliança.

— Você é fã de futebol americano, Jessica?

— Ora, é claro! Será que podemos tirar uma foto juntos? — cada sílaba soava como um flerte.

— Não vejo por que não.

Jessica se animou. Chelsea cruzou os braços e começou a bater o pé no chão.

— Você se importa? — Jessica estendeu o *smartphone* para Chelsea.

— De modo algum! Por que é que eu me importaria? Isso é legal, muito legal.

Jessica se agarrou a Sawyer como se tivesse acabado de ganhar o Oscar. Não restava dúvida de que ela pretendia compartilhar aquela foto em todas as redes sociais possíveis.

— Vai ficar uma linda foto! — disse Chelsea, intencionalmente tirando uma foto do próprio dedo polegar.

Mas Jessica nem reparou. Ela estava ocupada demais com a missão em mãos: escrever seu número de telefone em um guardanapo e escorregá-lo para o bolso da jaqueta de Sawyer.

Quando Jessica ia saindo cheia de risinhos pela porta, Sawyer virou para Chelsea e deu de ombros.

— O que é que eu posso fazer? Mas... Voltando ao assunto... Como eu estava por perto, achei que, depois da diversão em família, eu poderia ajudar você aqui no café.

— Ajudar? A mim?

— É.

Por treze anos Chelsea viveu orbitando o planeta Sawyer. Libertar-se do campo gravitacional dele não seria fácil. Como um foguete que tenta deixar a terra, essa jornada exigia uma ação firme, bastante seriedade e um impulso focado em uma única direção. Mas Chelsea estava pronta para decolar.

Chelsea se levantou e encarou Sawyer olho no olho.

— Muito obrigada, mas eu não preciso de sua ajuda — e deu meia-volta indo em direção ao balcão.

Mas Sawyer vinha logo atrás, seguindo Chelsea por entre a multidão de clientes.

— Claro, claro. Eu ouvi as boas notícias. O lance do *blog* e tudo mais... Eu não estou surpreso.

— Não está surpreso?

— Chelsea Hancock sempre tem todas as respostas.

— Ah! — Chelsea soltou uma risada mais alta do que o esperado. Parece que ela não tinha todas as respostas. Finalmente! Agora ela tinha uma pergunta digna do Blog de Deus: *Querido Deus, como eu faço para me livrar do meu futuro ex-marido?*

— Sabe de uma coisa, Sawyer? Você talvez não acredite como tudo está indo maravilhosamente bem aqui no Café dos Anjos. E para mim também! — Chelsea encarava o marido de perto. — Todo mundo adora as minhas receitas de cupcakes. Você já conheceu a Katrina? Ela é uma artista maravilhosa. Ela é como uma Lamborghini! Espera, o que estou dizendo? Ela é mais que isso. A Katrina é um Leonardo da Vinci. Diga oi, Katrina!

— Oi, Katrina — respondeu Katrina, voltando devagar para a cozinha.

— E esse cara, olhe só para ele! — Chelsea deslizou para trás do balcão, dando prosseguimento àquele *tour* por sua incrível vida nova. Então, Chelsea passou um braço por sobre os ombros de Manny. — Não existem limites para os talentos dele! Ele varre. Ele assa. Ele faz milagres. Com um só gesto ele consertou a máquina de café que estava quebrada. Quer dizer, você acredita?

— Isso é, hum... realmente impressionante — Sawyer disse.

— Não foi nada demais. Eu só estava tentando ajudar.

Chelsea irrompeu em risadas.

— Ah, Manny, não seja tão humilde! — Chelsea virou o rosto e encarou Manny. — Você nunca deve fazer pouco de si mesmo. Você é um integrante muito importante da nossa equipe e eu estou transbordando de gratidão. Eu sinceramente nem sei o que dizer!

Então Chelsea deu um passo à frente e deu um belo beijo em Manny, se virando logo depois para encarar Sawyer novamente.

— Com licença — Manny saiu tropeçando na direção da cozinha, com a cabeça baixa e a blusa tilintando.

— Uau — Sawyer exclamou. Os olhos arregalados estavam plantados em Chelsea, que agora se apoiava no balcão tentando retomar o fôlego.

— Papai! — Hancock e Emily desciam correndo as escadas. Sawyer abraçou os dois de uma só vez.

Chelsea tomou um susto e ficou torcendo para que as crianças não tivessem testemunhado aquele lapso momentâneo de sanidade.

— Você veio! — disse Hancock.

— É claro que vim, cara.

Mas algo parecia fora do lugar para Chelsea.

— Desculpe-me, mas... eu ainda não entendi. Por que você veio aqui?

— Porque... — Sawyer andava na ponta dos pés em um campo minado — você me convidou para uma diversão em família... no Planetário Scobee.

A expressão confusa de Chelsea só deixou Sawyer ainda mais intrigado.

— Você me mandou uma mensagem hoje de manhã... Pediu que eu trouxesse presentes para as crianças. Você está bem?

— Eu não mandei nenhuma mensagem — Chelsea disse para Sawyer enquanto seus olhos cravavam no filho.

— Vou mostrar para você — Sawyer fez um gesto de alcançar o telefone celular no bolso traseiro da calça.

— Não precisa se incomodar. Hancock, devolva agora meu celular.

Hancock abaixou a cabeça e pegou o celular no bolso bem devagar.

Foi então que uma súbita constatação tomou conta de Sawyer.

— Chel, me desculpa. Eu devia ter imaginado.

— Não, não. Isso fica entre mim e o Hancock. Venha comigo, rapazinho — só faltou Chelsea arrastar o filho até o começo da escada. — Hancock, por que você pegou meu telefone sem permissão?

— Por quê? Porque eu queria ver o papai e eu sabia que você ia dizer não.

Chelsea parou por um segundo para refletir. Se não permitisse a Hancock o tempo com o pai, arriscaria perder o afeto do filho. Se consentisse, arriscaria perder o controle.

— E então, posso ir com o papai ou não?

Chelsea usou o pouco de força que ainda tinha.

— Você não vai a lugar algum com essa roupa. Vá se trocar e lembre-se de pegar um casaco.

Ela se virou e viu Sawyer e Emily sentados um em frente ao outro em uma delicada mesa de chá. O corpo enorme e atlético de Sawyer sobressaía diante da cadeira decorativa da mesa, enquanto a pequena

Emily, que mal conseguia ficar com a cabeça acima do nível da mesa, se pendurava em cada palavra dita pelo pai. Não havia dúvidas de que a presença de Sawyer era bastante magnética. Quando ele falava, as pessoas se inclinavam para ouvir — ou, no caso de Emily, olhavam para cima.

— Por favor, devolva as crianças na hora do jantar — Chelsea disse, sem conseguir olhar Sawyer diretamente nos olhos.

— Pode deixar. Nós podemos apanhar alguma comida no caminho, se você...

Mas Chelsea já tinha desaparecido no andar de cima.

Capítulo 22

Chelsea estava encolhida em um canto pequeno e escuro de seu quarto. Ela precisava de um tempo sozinha. Ela precisava respirar. Ela precisava pedir desculpas para Manny. Precisava criar uma senha para seu celular.

Ela encarou o pequeno aparelho preto na palma de sua mão. É incrível como uma coisa tão pequena é capaz de criar tantos problemas. Antes de desbravar as opções de segurança do aparelho, Chelsea resolveu conferir as mensagens de texto que Hancock tinha mandado para Sawyer se passando por ela.

ONDE VOCÊ ESTÁ?

NÃO MUITO LONGE. EM UMA ENTREVISTA DE EMPREGO. ADORARIA CONTAR TUDO PARA VOCÊ. MAS NÃO QUERO QUEBRAR NENHUMA REGRA.

VOCÊ PODERIA PASSAR AMANHÃ AQUI NO CAFÉ! AS CRIANÇAS IRIAM AMAR VER VOCÊ.

VC *TÁ* FALANDO SÉRIO?

SIM. DIVERSÃO EM FAMÍLIA. LEVE AS CRIANÇAS PARA COMER PIZZA E VISITAR O PLANETÁRIO.

TUDO BEM. MAL POSSO ESPERAR!

EU TAMBÉM.

QUE ROUPA VC ESTÁ USANDO? ;-)

UMA ROUPA BONITA. LEMBRE-SE DE TRAZER PRESENTES PARA AS CRIANÇAS.

Pelo menos agora o comportamento estranho de Hancock naquela manhã fazia sentido. Mesmo assim, Chelsea se arrepiou ao imaginar Hancock respondendo àquelas perguntas tão pessoais.

Pelo menos eles não foram muito longe nas intimidades!

Capítulo 23

— Mãe, quando é que o papai vai voltar a morar com a gente? — Emily perguntou.

— É, mãe. Quando? — Hancock repetiu da cama de cima.

Chelsea ligou o interruptor do novo abajur de Emily.

— Nós vamos conversar sobre isso. Mas depois.

Chelsea sabia que aquela conversa precisava acontecer. Mas, antes, precisava conversar com Sawyer.

VC PODE ME ENCONTRAR NA LOJA?

Chelsea mandou a mensagem de texto antes que se convencesse do contrário. A resposta de Sawyer foi quase imediata.

CHEGO EM MEIA HORA. ISSO SE VC PROVAR QUE NÃO É O HANCOCK. :)

Chelsea não tinha certeza de que estava pronta para encarar Sawyer com o veredito final daquela separação temporária, mas ela havia se preparado. *Fique calma. Seja direta. Lembre-se dos ensaios.* Ela recitava esses lembretes para si mesma enquanto digitava a resposta.

OBRIGADA. ATÉ DAQUI A POUCO.

Por enquanto, tudo estava saindo conforme o plano.

Chelsea havia programado aquela noite do seguinte modo: Bo ajudaria ficando de olho nas crianças enquanto ela e Sawyer conversavam (ela queria sair da loja, caso as coisas ficassem difíceis). Chelsea mostraria todos os defeitos de Sawyer; ele então ficaria na defensiva. Ela ofereceria uma solução; com um pouco de sorte, ele consentiria. Fim do casamento. Fim da cena.

*

— Tem certeza de que não quer mais nada, Bo?

Chelsea colocou um copo d'água na mesa ao lado de Bo, que estava no salão sentado em uma poltrona reclinável de couro cor de mogno.

— Não, não. Eu já trouxe um ótimo livro para ler — Bo abriu uma enorme Bíblia de capa preta no colo. As letras eram tão grandes que Chelsea conseguiria ler do outro lado do salão. Mesmo assim, Bo apanhou um par de grossos óculos de leitura do bolso da camisa.

— Você é um santo. Muito obrigada por ter vindo — disse Chelsea. — Eu odeio deixar as crianças sozinhas a essa hora da noite. Eu aprecio todo o movimento que temos tido nos últimos dias, mas nunca se sabe quem vai bater à porta.

— Tem razão. Para mim basta ser um bom vizinho.

O celular de Chelsea tocou e o coração dela passou a bater com velocidade dobrada.

— Muito bem, parece que minha carona chegou. Eu volto daqui a pouco.

— Demore o quanto quiser — disse Bo com um sorriso. — Aposto que você e seu marido têm muito o que conversar.

— Ah, acho que não vai demorar muito — disse Chelsea, com esperanças de que aquilo fosse verdade.

*

Chelsea e Sawyer andavam lado a lado sob um céu forrado de estrelas, mas a distância entre eles era de anos-luz. Chelsea tinha sugerido uma caminhada pelas ruas do bairro.

Sawyer concordou.

— Ótimo jeito de começar a noite.

Ótimo também para terminar, Chelsea disse para si mesma.

— Você sabia que acham que há mais de um setilhão de estrelas? Isso é um número um seguido de vinte e quatro zeros — o pescoço de Sawyer estava jogado para trás, olhos mirando o céu, enquanto ele repetia as descobertas que havia feito no planetário. — Eu não consigo nem imaginar uma coisa assim.

Calma. Direta. Ensaios.

— Sawyer... — Chelsea parou embaixo de um poste e inspirou profundamente. — Eu quero o divórcio.

Sawyer parou e suspirou, o corpo enorme começou a encolher diante dos olhos de Chelsea. — Chelsea... por favor... — ele tentou dizer, em um sussurro sofrido.

A reação dele pegou Chelsea de guarda baixa.

— Eu, hum... — Chelsea tinha dificuldade em lembrar a próxima fala do roteiro. — Eu tenho todos os motivos do mundo, Sawyer. Você colocou todos nós em risco. Você mentiu, traiu, perdeu nosso dinheiro e agiu com total falta de respeito por sua família. Você deveria estar nos protegendo. E, mesmo assim, não consigo pensar em ninguém que nos tenha feito mal maior.

Quando terminou o discurso, Chelsea estava sem fôlego. Com uma pausa, ela se preparou para os costumeiros gestos de finta e esquiva de Sawyer.

— Você tem razão — ele disse.

— O quê?

Sawyer encarou a esposa de frente. — Você tem razão. Você disse tudo que devia ter dito. Não é fácil ouvir tudo isso. Mas isso é apenas uma fração de tudo o que você passou.

A confissão de Sawyer desarmou Chelsea. Ela mal conseguia reconhecer aquela versão do marido.

— Chelsea, eu não posso mudar as coisas que fiz e já está na hora de ser responsável pelas minhas ações. Acredite em mim, se aquele seu *blog* tivesse um botão que apagasse os arrependimentos, eu já o teria usado há tempos.

— Acho que nós dois — Chelsea respondeu. — Quem sabe? Talvez na próxima atualização.

Sawyer tentou rir, mas a tristeza não permitia. O lábio inferior dele se apertou contra o superior. A voz de Sawyer engasgou quando ele disse:

— Você é uma boa pessoa, Chelsea. E boa mãe... e boa esposa.

— Sawyer...

— Eu sei, eu sei. Mas é verdade. Eu tinha todos os ingredientes para uma ótima vida e acabei estragando tudo. Por quê? Por que eu fiz isso?

Chelsea tinha desistido de responder àquela pergunta meses atrás.

— Será que nós... Será que existe alguma chance de tentarmos de novo? — disse Sawyer, aproveitando para sentar-se em um banco próximo. Chelsea sentou ao lado dele.

O silêncio dela era uma resposta.

Sawyer ergueu os olhos para as estrelas.

— Eu tenho muitas perguntas que gostaria de fazer para Deus.

— Acho que todos nós temos.

Capítulo 24

Hancock estava acordado contando estrelas. O abajur que Sawyer dera para Emily projetava a Via Láctea nas paredes e no teto do quarto. Depois de três tentativas anteriores que passavam de quinhentas estrelas contadas, Hancock se perdeu na de número trezentos e dezesseis e desistiu. As constelações que giravam no teto não se comparavam às perguntas que giravam em sua própria cabeça.

Ele espiou a cama de baixo, onde as luzes percorriam o rosto adormecido de Emily. Descendo a escada com cuidado, Hancock atravessou o quarto na ponta dos pés, onde a cintilante esfera revolvia em uma prateleira. Ao ajustar o foco, as estrelas se emaranhavam e desapareciam no escuro, como uma grande supernova.

Legal, Hancock disse baixinho enquanto criava uma série de explosões estelares antes de sair de fininho do quarto.

— Boa noite, senhor sonâmbulo.

Hancock se deteve na soleira da porta da cozinha. Bo estava ao lado do fogão despejando água fervida em uma caneca com motivos florais. Ele vestia sua usual camisa xadrez e as calças jeans de sempre, e também usava seus óculos bem grossos na ponta do nariz e pantufas de lã de carneiro nos pés. A cena de Bo se sentindo tão à vontade na cozinha era surpreendente e mesmo cômica.

— Sua mãe me pediu para ficar por aqui e dar uma olhada em tudo enquanto ela está fora.

— Isso explica os óculos — brincou Hancock. — Mas essa pantufa?

Bo riu.

— Estou vendo que você é rápido no gatilho. E também que você não estava dormindo. Está tudo bem?

— Eu não consigo dormir — a cabeça e os ombros de Hancock desabaram, como se ele estivesse fazendo muito esforço para carregar um fardo invisível.

— O que você acha de uma xícara de chá e um pouco de conversa mole? — Bo perguntou.

Hancock sorriu.

— Acho que isso vai funcionar.

Os dois então se sentaram com as xícaras no salão.

— Eu estou tão cansado — Hancock bebeu um gole de chá.

— Você prefere voltar para a cama?

— Ah, não, eu não consigo dormir. Eu estou cansado de... ficar bravo. E triste. Você entende?

Bo se inclinou para frente, retesando o encosto da poltrona.

— Teve um dia difícil?

— Esse é o problema. Eu tive um dia ótimo e, apesar disso, ainda me sinto assim. Eu não consigo parar de sentir isso — Hancock se revirou onde estava sentado e mexeu o saquinho de chá na caneca. — Acho que eu sou estranho.

— De modo algum — disse Bo. — Eu também já me senti assim. Também não conseguia evitar.

— E o que você fez? Você parece ser alguém feliz — os olhos de Hancock não desgrudavam da caneca.

— Eu fiz a única coisa que poderia fazer — Bo disse, estendendo a mão para apanhar a Bíblia no fim da mesa. — Aqui existe uma resposta para cada pergunta. É como um mapa para a vida.

Hancock ficou vendo Bo navegar no enorme livro como um marinheiro veterano.

— Aqui estamos — disse o homem velho, ancorando em uma página com o polegar. — Esse é Jesus falando. Ele diz: "Venham a mim, todos os que estão cansados e sobrecarregados, e eu lhes darei descanso."

Hancock olhou para cima com os olhos brilhando. A voz dele tremulava carregada pelas ondas das emoções.

— Como isso funciona?

Capítulo 25

Manny estava perdido. Perdido em numa galáxia muito, muito distante. Ele comparecera a três exibições de *Guerra nas estrelas* naquela semana e conseguiu se perder na volta para casa em todas elas. Mas sempre em um lugar diferente. Naquela noite em particular ele já havia avançado seis quarteirões pelo bairro de Lavaca antes que pudesse se dar conta.

Oh-oh, ele pensou ao descobrir que não fazia ideia de onde estava. De novo. Por sorte, Manny sempre tinha um mapa à mão. Tudo que precisava fazer era olhar para cima.

Incrível! Manny ficou maravilhado depois de deitar em um banco próximo e vasculhar o céu noturno em busca da Ursa Maior. Fazendo o desenho da constelação com o dedo, seguiu a direção até encontrar a única estrela com a qual sempre podia contar. *Achei!* Pinçando a Estrela Polar com o polegar e o indicador, Manny se levantou e pegou suas coisas.

— Acho melhor você não ir embora ainda.

Manny podia sentir a luz quente e branca de uma presença angelical atrás de si. "Gabriel!" — exclamou.

— Do que foi que você me chamou? — uma voz áspera cortava o ar.

Os olhos de Manny se fixaram do outro lado da rua em uma figura enorme cuja sombra ia até o meio-fio. Tinha os ombros largos como os de um lutador e um grunhido como o de um chacal. Encarava Manny escondido por um capuz.

— O que você está fazendo na minha rua?

Então Gabriel interveio.

— Agora já chega!

Mas a figura misteriosa não reagiu, apenas se virou e desapareceu.

Gabriel riu.

— Não se preocupe, eu estou aqui.

— E não ouse voltar! — Manny gritou para o outro lado da rua. Dando meia-volta, ficou de frente para Gabriel.

— Fico feliz em vê-lo novamente — Manny piscava por causa da cegueira provocada pela luz. Ele podia sentir as pupilas encolhendo. — Eu tenho tantas perguntas.

— E eu tenho as respostas. Mas, antes, há algo que você precisa ver.

Gabriel colocou a mão por sobre o ombro de Manny. Então a rua começou a desaparecer e paredes se formaram ao redor dos dois. Ele ainda conseguia sentir o concreto duro debaixo dos pés, mas bastou olhar para baixo para ver um carpete oriental cobrindo um chão de madeira. O que ele viu ao erguer novamente os olhos quase fez Manny cair para trás.

Anjos em todo lugar. Lado a lado, eles circundavam todo o espaço do Café dos Anjos criando um halo de luz. No centro do círculo, Hancock e Bo se sentavam próximos, cabeças curvadas em oração, sem se dar conta da plateia arrebatada.

A reverência presente naquele lugar era quase tangível. Os anjos é que sabiam classificar aquele momento: santo e sagrado. Um coração se abria para o maior dom do universo, a presença de Deus.

Mas ao olhar através das janelas, Manny notou algumas sombras escuras em volta. Um vento entrou sussurrando no salão e uma nuvem negra começou a serpentear Hancock e a estender tentáculos que almejavam agarrar o menino. Vozes emergiam daquela nuvem: ásperas e guturais, enchiam a atmosfera com mentiras calcadas na vergonha, no abandono e no desespero.

Deus não tem lugar para você, Hancock.

Deus? Que Deus?

Enquanto a fumaça perversa tentava atingir a consciência de Hancock, Gabriel começou a cantar:

Santo é o Deus vivo!

Ao som daquela voz angelical a nuvem sombria se deteve.

Abençoado seja o nome do Senhor! Abençoado seja o nome do Senhor!

A sombra retrocedia alguns centímetros a cada repetição.

Um a um os anjos começaram a acompanhar Gabriel e a elevar as vozes até o céu. Logo parecia que centenas, talvez milhares de anjos estavam cantando. Olhando para o lado de fora da janela, multidões de anjos orbitavam aquele lugar, banhando-o com o mesmo canto. Na presença de vozes tão poderosas, o mal que rodeava Hancock não tinha força alguma. Não havia escuridão em que aquelas mentiras pudessem se esconder.

Manny começou a rir quando a nuvem abismal se dissolveu no ar.

— "Resistam ao Diabo, e ele fugirá de vocês" — ele citou parado ao lado de Gabriel, que era muito mais alto.

— "Venha o teu Reino! Seja feita a tua vontade!" — convidava Gabriel.

Manny começou a cantar acompanhando a multidão angelical. Mas o que lhe faltava em coordenação era compensado pelo volume do louvor ao Pai.

Foi então que aconteceu uma cachoeira de luz fluindo desde o trono no céu, uma bola de luz acesa de glória e cores vívidas. Ela era o ocaso, o sol nascente, prateado e dourado. Eram todas as cores do arco-íris. Mil e um matizes. Vibrante como uma estrela e gentil como o bruxulear de uma chama, ela flutuava por sobre o menino antes de entrar em seu espírito.

Logo depois, os anjos proclamaram a vitória:

Escolhido por Deus!

Redimido por toda a eternidade!

Cheio do Espírito de Deus!

Perdoado para sempre!

Renascido!

Uma luz irrompia de cada rachadura e abertura, não apenas juntando, mas recriando todo o ser interior de Hancock.

O coro dos anjos explodiu em novos versos:

Santo, santo, santo é o Senhor, o Deus todo-poderoso!

Manny ainda estava cantando quando Gabriel tirou a mão de seu ombro, fazendo-o voltar ao presente. Era difícil acreditar que seus pés jamais deixaram aquela calçada. *Obrigado*, ele sussurrou, primeiro em oração, depois para Gabriel.

— Esses testemunhos são sempre arrebatadores. Mas, dessa vez, com Hancock... Ele é um menino especial.

— Muito especial. E você teve um papel muito importante na transformação da vida dele — disse Gabriel. — Você está fazendo um ótimo trabalho aqui embaixo, Manny.

— Você acha mesmo? Porque hoje... hoje foi bem duro.

— Mas você suportou tudo. Você recebeu aquele beijo como um homem.

— Você viu aquilo?—Manny começou a enrubescer. — Quero dizer, é claro que você viu. É que você não acreditaria como tudo é tão confuso aqui embaixo. São tantos detalhes, tantas pessoas, tantas emoções!

— Tudo parece mais simples visto do céu — Gabriel disse, concordando.

— Mas os humanos também têm suas vantagens. Você já viu *Guerra nas estrelas*?

Gabriel fez que sim.

— Já vi todos eles.

Manny arregalou os olhos.

— Espera. Existe mais de um?

— É claro. Os três primeiros são os melhores.

Manny mal se continha de tanta alegria.

— O dia não poderia ficar melhor!

Capítulo 26

— Eu senti falta disso, Chelsea. Nós somos bons nisso.

Chelsea ficou parada na varanda, estudando o rosto de Sawyer. Ela podia ver que ele estava sendo sincero. Talvez estivesse bem distante da realidade, mas estava sendo totalmente sincero.

— Bons em quê? Em conversar? Em caminhar sob as estrelas? Isso não é a vida real.

Sawyer deu um passo para trás. Chelsea sabia que aquela resposta fora um choque, mas tudo que ela conseguiu fazer foi balançar a cabeça.

— Nós *também* podemos ser bons na vida real — ele respondeu. — As coisas boas, as ruins, as feias. Quero dizer, quanto mais tudo pode piorar?

— Eu não pretendo descobrir!

Sawyer buscou a mão de Chelsea.

— Eu sei que podemos fazer isso, Chelsea. Podemos fazer tudo funcionar. Juntos.

Aquelas palavras de repente rasgaram o *continuum* do espaço-tempo. Chelsea estava sentada em cima da cama de seu quarto, olhando para os mesmos enormes olhos azuis repletos de esperança e determinação. Sawyer não fazia ideia de que estava repetindo a história, mas ela jamais esqueceria. Chelsea não tinha o poder de alterar o passado, mas aquela era a chance de transformar o futuro.

— Eu tenho todos os motivos de que preciso para me divorciar de você.

— Eu sei que você tem — Sawyer concordou; a dor nadando em seus olhos. — Mas vou continuar torcendo para você não fazer isso.

Um instante antes de subir as escadas, Chelsea deu uma última olhada pela janela. A cena que ela viu não a surpreendia nem a decepcionava. Não mais. Ela já tinha passado por tudo aquilo.

Sawyer, com o celular no ouvido, estava ligando para alguém bem depois da meia-noite.

Todos os motivos do mundo.

Como um computador sobrecarregado, a cabeça de Chelsea lutava para processar todos os acontecimentos daquele dia. Ela quase esquecera que Bo a esperava no andar de cima.

— Como eles se comportaram? — ela perguntou.

— Como perfeitos anjinhos — Bo respondeu. — Eu tive uma ótima conversa com Hancock.

— Ah, é?

— Vou deixar que ele conte — disse Bo, sorrindo. — E você? Como foi sua noite?

Chelsea estava cansada demais para começar um discurso.

— Boa. Nós vamos nos divorciar. Acho melhor assim. Sawyer é ótimo aos fins de semana, mas não tão bom no dia a dia.

— Isso me lembra muito o primeiro marido da minha esposa.

— É mesmo?

— Ela era casada com um bêbado. Ele foi preso duas vezes por dirigir embriagado. Ele mal conseguia ir trabalhar. Era um pai realmente inútil. Vivia inventando desculpas de "viagens de negócios" para poder beber e cair na farra.

— Que bom que ela o deixou.

— Ela não o deixou, na verdade. Ela até o chutou, mas ele continuava voltando como um mau presságio.

— Sei bem como é. E como foi que ela se livrou dele? Eu gostaria de receber umas dicas.

— Bem, para ser sincero, você está falando com ele.

Chelsea encarou o vizinho por algum tempo.

— Esse cara é você? Mas o que aconteceu?

— É difícil dizer sem soar repetitivo. Mas é que Deus... — Bo coçou o queixo buscando as palavras certas. — Bem, acho que Deus veio até nós. Ele nos perseguiu de verdade. Por intermédio de amigos, de alguns acontecimentos, do nosso casamento falido... Eu desejava uma esposa melhor. Ela desejava um marido melhor. Mas Deus nos deu algo ainda melhor. Ele nos deu a si mesmo.

Bo olhou para um ponto distante; os olhos cheios de lágrimas— Joanne e eu ficamos juntos por quarenta anos. Eu sinto falta dela.

— Eu sinto muito — Chelsea disse.

Bo apanhou a Bíblia e o casaco e se preparou para partir. Depois se virou e ficou de frente para Chelsea.

— Certa vez sua mãe me pediu para orar por você e por Sawyer. Quero que você saiba que eu nunca deixei de orar desde então.

— Eu acho que nunca dará certo entre nós, Bo.

— Talvez sim, talvez não. Isso não me diz respeito, eu sei. De qualquer jeito, achei que você gostaria de saber... Deus está perseguindo você, Chelsea.

Capítulo 27

— Em que ano foi isso? — Sara pegou uma fotografia antiga do álbum que estava em seu colo e mostrou para Chelsea. A fotografia mostrava uma Sara muito mais nova em meio a uma experiência científica, trajando jaleco e óculos de proteção. Os penteados e as roupas que constavam da imagem sugeriam a década de 1980.

Chelsea vasculhou a fotografia em busca de alguma dica. Era notável a ausência da cicatriz no rosto de Sara, mas isso indicava apenas algum período anterior a 1990. Também não ajudava o fato de Sara usar o mesmo cabelo loiro comprido e liso até seus trinta anos. De repente, Chelsea descobriu.

— Ah! Outono de 1989.

— Com esta são sete em sete tentativas! — disse Sara, conferindo a resposta de Chelsea no verso da fotografia — Como foi que você descobriu desta vez?

— Elementar, minha cara. Está vendo essa pessoa atrás de você? É o Roger Halbrook. Ele estava na sua turma de química no primeiro semestre do colegial. Deb tinha uma quedinha por ele.

— Mas vocês estavam na quarta série!

— Você conhece a Deb. Ela sempre deu preferência para caras mais velhos.

— Agora que já confirmamos que você é o próximo Sherlock Holmes, vou voltar para o trabalho — Sara começou a guardar as fotografias em seus respectivos lugares no álbum. — Só preciso de um descanso.

— Desculpe-me, Sara. Você é quem está de mudança, e eu estou aqui, pedindo para você me ajudar a encaixotar tudo. Mas já estou vendo bastante progresso. Olha só! — Chelsea deslizou de um lado para o outro dentro da saleta. Depois de três noites consecutivas trabalhando naquele labirinto intrincado, aquela era mesmo uma vitória notável.

Sara abriu um sorriso de leve.

— Está tudo bem? — Chelsea perguntou.

— Bem, eu não queria preocupar você, mas parece que retiraram a oferta que tinham feito pela minha casa. A placa de "Vende-se" volta para o gramado na segunda-feira.

— Eu sinto muito, Sara. Você deveria ter me contado.

— Não se preocupe. Mas, a essa altura, acho que só conseguiremos encontrar uma escola nova quando as crianças chegarem ao jardim de infância.

— Mais alguma caixa, mãe? — disse Hancock, parado à porta.

— Hum, aquela pilha embaixo da vitrola vai voltar com a tia Sara para casa. Todo o resto pode ser guardado aqui mesmo — Chelsea apontou com um gesto para o armarinho de remédios que ela e Sara tinham movido para o centro da parede. — Só faltam três caixas!

— Quer que eu leve suas coisas para o carro? — ofereceu Hancock.

— Eu adoraria! Muito obrigada! — Sara respondeu.

Hancock empilhou alguns livros dentro de uma caixa de papelão e apoiou o topo daquela pilha no queixo.

— Você é incrível! — Chelsea gritou na direção do filho enquanto ele brincava de equilibrista pelo corredor.

— Ele parece estar de bom humor — Sara disse tão logo Hancock se afastou.

Chelsea sorriu, pensativa.

— Está mesmo. Ele me disse que, há algumas noites, teve uma conversa ótima com Bo. Ele não falou muito, mas dá para ver que ele está bem melhor. Eu consigo notar uma grande diferença.

— Que bom que o Hancock está passando algum tempo na companhia do Bo. Eu aposto que o Bo ama a companhia dele. Afinal, seu único filho está fora do país e ele não consegue vê-lo sempre.

— Deve ser difícil para ele — Chelsea disse enquanto abria a última caixa. — Mais alguns álbuns de fotografias! Você consegue imaginar a mamãe com uma conta no Facebook?

Sara balançou a cabeça.

— Acho que esse é o lado positivo da resistência dela à tecnologia!

— Fala sério — Chelsea disse enquanto folheava uma série de fotografias em que aparecia com o rosto exibindo o aparelho dental que usava na sua fase esquisita. De repente, pegou uma fotografia e ficou olhando. Uma Chelsea no alto de seus dez anos estava em uma festa à fantasia e usava um vestido de bolinhas da mãe, um chapéu de Páscoa amarelo e salto alto forrado com papel higiênico. Ela posava para a câmera mandando um beijo.

Chelsea sorriu e se lembrou da mãe do outro lado da câmera. *Assim mesmo, querida!* Virginia tinha dito isso para estimular a filha a fazer a pose brincalhona. Chelsea fez sua melhor imitação. *Perfeito!*

Chelsea queria muito ser como a mãe quando crescesse. Ela realmente achava que a mãe era perfeita. Hoje, porém, entendia melhor como eram as coisas.

— Sabe, eu tive bastante dificuldade em aceitar o fato de a mamãe ter chegado ao fundo do poço, financeiramente falando, sem dizer nada a ninguém. Mas depois de assumir o lugar dela por alguns meses, eu acho que entendo. Tocar um negócio é difícil, porém mais difícil é admitir que se precisa de ajuda.

Sara concordou, mas Chelsea reparou que a cabeça da irmã estava em outro lugar, perdida nas próprias lembranças.

— O que é que você tem? — Chelsea perguntou, chegando mais perto da irmã.

Sara encarava uma fotografia dela mesma em um leito de hospital. A pequena Chelsea estava ao lado com um sorriso murcho. O rosto de Sara estava machucado e inchado. Um dos olhos estava completamente fechado. Uma linha de pontos cirúrgicos ia do canto esquerdo da boca até o alto do maxilar.

Chelsea se arrepiou com a lembrança. As meninas passavam um fim de semana típico com o pai. Ele estava longe, em uma "viagem de negócios" em plena noite de sábado, enquanto Sara, com 16 anos, tomava conta da irmã, então com 11 anos. Chelsea tinha acordado suada e tremendo depois de um pesadelo. Tinha visto sombras nas janelas, formas ameaçadoras nas paredes do quarto. Criaturas sem rosto a circundavam, tentando alcançar sua garganta. Era o mesmo sonho que a perseguira durante anos.

Assim, Chelsea implorou que a irmã a levasse de volta para a mãe, e aquela foi a última coisa de que se lembrava daquele dia. O resto da "memória" dela vinha de um artigo publicado na *Tribuna*. As meninas foram atingidas em cheio por um motorista de caminhão bêbado assim que Sara saiu do acesso que levava à estrada. Uma testemunha disse que o pequeno carro azul deu três piruetas antes de cair de lado em meio a uma nuvem de fumaça e fogo. Quando os bombeiros e os paramédicos chegaram ao local, Chelsea e Sara já haviam sido resgatadas dos escombros por um bom samaritano qualquer. Chelsea conseguiu escapar ilesa. A recuperação de Sara foi demorada e difícil.

— Quer saber uma coisa engraçada? — Sara perguntou, sem se dar conta de que corria um dedo pela cicatriz no rosto — Eu sou muito grata por tudo isso que aconteceu.

Chelsea continuou em silêncio. Quem era ela para discutir com Sara? A irmã trazia em si um lembrete insistente daquele evento traumático. Mesmo assim, nas profundezas de seu ser, Chelsea sentia que havia uma ferida que jamais fora tratada. Uma ferida que ainda pulsava cheia de dúvida, medo e rancor.

— Aquela experiência abriu meus olhos para ver quão profundo é o amor de Deus. Eu me lembro do amor divino toda vez que me olho no espelho.

— Você tem tanta certeza em relação a isso — disse Chelsea, maravilhada. — Eu tenho uma enorme dificuldade em acreditar que o Deus de todo o universo está olhando por mim e por você. Essa ideia de que ele nos ama individualmente até que soa bem, mas também parece um conto de fadas.

— Eu sei que Deus estava olhando por nós naquela noite, Chelsea.

— Então, pra começo de conversa, por que ele nos fez passar pelo acidente?

Sara respirou antes de responder, vagarosamente juntando os pensamentos, talvez buscando a coragem necessária para se expressar.

— Na minha opinião? Eu acho que há muito mais coisas acontecendo do que conseguimos saber. Eu acho que Deus usa até mesmo as coisas ruins e as coisas feias do mundo para nos levar para algum lugar melhor.

— Você está parecendo a mamãe — Chelsea disse ao se levantar e encerrar a conversa. — Ei, você conseguiu encontrar aquele disco do Sinatra que era dela? Estou com aquela música "Lost in the Stars" [Perdidos nas estrelas], que ela amava, grudada na cabeça, mas lembro apenas o refrão.

— "We're lost in the stars, lost in the stars" [Estamos perdidos nas estrelas, perdidos nas estrelas] — Sara cantarolou com ar de soprano. — É tudo o que sei, mas também amo essa música! O disco deve estar por aí. Como uma agulha no palheiro — acrescentou, apontando com um gesto a enorme coleção de vinis da mãe.

— Ainda bem que o refrão é fácil — Chelsea brincou.

Quando subiu para dormir durante a noite, Chelsea ainda estava cantarolando o refrão de "Perdidos nas estrelas". Mas, ao bisbilhotar por uma fresta na porta do quarto das crianças, acabou se vendo dentro daquela música. Debaixo do teto estrelado pelo abajur, Emily e Hancock estavam orando ajoelhados à beira da cama de baixo, seus murmúrios reverentes, indiscerníveis aos ouvidos da mãe. Chelsea tinha inúmeras lembranças de estar ajoelhada naquele mesmo quarto. Todas as noites, sua mãe a ajudava a fazer uma oração noturna, mas, naquela noite, era Hancock quem assumia aquele papel. Uma parte de Chelsea queria entrar no quarto para assumir aquela responsabilidade, mas, como ela não saberia por onde começar, preferiu desaparecer de fininho.

Capítulo 28

— Placa... que-bra-da — lia Emily com o dedo indicador copiando no ar as letras dispostas no letreiro da Igreja da Comunidade da Fé. — M-men...

— Mensagem — Chelsea ajudou.

— Placa quebrada. Mensagem lá dentro.

— Muito bem, querida! — disse Chelsea, rindo com o humor de Tony e com a grande demonstração de evolução acadêmica de Emily.

— Mas o que significa?— Emily perguntou.

— Significa que o tio Tony quer que as pessoas entrem na igreja para ouvir o sermão — Hancock explicou.

Aquele dia marcava um domingo especial para a Igreja da Comunidade da Fé. A igreja celebrava o quinto aniversário de sua restauração sob o pastorado de Tony e Sara Morales. Para marcar a ocasião, Tony encomendou três dúzias de cupcakes da loja de Chelsea feitos com receitas especiais: chocolate com café e *latte* de baunilha. Tony tinha preparado uma mensagem cujo tema era o café e, como o letreiro indicava, ele queria que as pessoas entrassem para provar quão delicioso seria aquele dia.

Tony usou o café até mesmo em partes do sermão:

— Quando você dá um gole em uma xícara de café e diz "Isso é bom", o que é que você está dizendo? Que os grãos de café em si são bons? Que a água quente é boa? Que o filtro do café é bom?

Tony andava para lá e para cá pela igreja com os olhos se conectando a cada um dos membros de seu pequeno rebanho. Como Tony esperava, a congregação repleta de cabeças tingidas de violeta apreciava cada uma de suas palavras, como também o faziam, para a surpresa de Chelsea, as crianças que ali estavam. Emily riu quando o tio Tony acenou ao passar perto dela.

— O "bom" acontece quando todos os ingredientes trabalham juntos! — Tony se aproximou de uma mesinha elevada que apoiava uma série de objetos: um pacote de pó de café, alguns filtros, uma cafeteira e uma jarra com água.

— Quando os grãos de café são moídos, a água é aquecida na temperatura certa, ou, se você for minha cunhada, quando a pressão está na medida para tirar uma dose perfeita de expresso... É a ação conjunta dos elementos que produz o *bem*.

Chelsea sorriu educadamente quando todos os olhos se voltaram na direção dela, mas sua mente prestava atenção em outro som. Em algum lugar, alguém estava balançando um molho de chaves. Chelsea então olhou para a primeira fila, onde um senhor idoso estava ao lado de Sara, que estava sentada quase reta. O senhor idoso era o pai delas.

É claro que Sara o levaria para celebrar o culto comemorativo. Mas por que ele estava sendo tão mal educado? Será que teria desenvolvido algum tipo de toque?

Daquele momento em diante, Chelsea só conseguiu prestar atenção em pedaços aleatórios do sermão de Tony. "Acham que a fome ou um ataque cardíaco são bons? [...] a vida de José [...] lutas, tempestades, morte [...] Deus usa tudo isso [...]"

O sermão de Tony terminava com um provocante gole em uma xícara de café fresquinho e fervilhante, o que servia de desculpa perfeita para Chelsea escapulir até a cantina acompanhada de Emily e Hancock. Ela então passou para o outro lado do balcão improvisado e começou a trabalhar, arrumando os cupcakes feitos sob encomenda e os vários sabores diferentes de café.

— Você conhece a minha sobrinha! — gritou um senhor preso a uma cadeira de rodas que usava um elegante chapéu estilo *fedora* e um paletó esportivo. Aquele homem era mais novo que seus companheiros de igreja e seu físico atlético fazia com que ele contrastasse ainda mais com a cadeira de rodas.

— Conheço? — Chelsea entregou um cupcake e um café em um copo de papel para o homem.

— Katrina! — a voz estrondosa do homem preencheu toda a cantina. — Estou muito feliz por ela ter encontrado seu café. Ela pode ser um pouco áspera, às vezes.

— Bem, meus clientes a amam, e eu também.

— Tenho certeza de que você é uma boa companhia para ela.

— Eu já não tenho tanta certeza assim — Chelsea respondeu.

— A propósito, meu nome é Frank. O trabalho sempre me deixa muito ocupado, mas espero poder dar uma passada no café em breve. Como um legítimo *nerd* que ama computadores, minhas mãos estão coçando para dar uma espiada naquela sua internet.

Chelsea riu.

— Será um prazer! A propósito, meu nome é Chel... — a visão do pai se aproximando da cantina fez Chelsea congelar. A vontade de se esconder e agachar por trás do balcão fingindo amarrar os sapatos era enorme, a ponto de Chelsea conseguir imaginar uma antiga versão de si mesma fazendo exatamente aquilo: se acovardando e se escondendo, esperando até que o pai idoso desaparecesse. Mas a nova Chelsea ficou no lugar, cumprimentou Frank com um aperto de mãos e terminou a frase.

— Meu nome é Chelsea. Espero ver você no café em breve.

Enquanto Chelsea servia o último cliente, seu pai permanecia em um canto, observando e balançando o molho de chaves. Chelsea já tinha feito uma anotação mental para questionar Sara a respeito daquele comportamento estranho. Por alguns instantes ela considerou obter aquela resposta sozinha. Mas isso implicaria falar com o pai, o que estava fora de cogitação. Olhar para trás não seria muito diferente de tentar dirigir um carro com os olhos fixados no retrovisor. Se Chelsea e sua família queriam seguir em frente, ela teria de se concentrar na estrada que estava adiante.

Assim, Chelsea voltou sua atenção para o trabalho.

Capítulo 29

— E esse *site* de vocês? É possível fazer qualquer pergunta que Deus responde de volta? — O menino magricela olhava para Chelsea do outro lado do balcão.

Por sorte as coisas melhoraram desde a última vez que Marcus aparecera. O mesmo também acontecia com o semblante do rapaz, especialmente depois de descobrir que Deus talvez estivesse do outro lado do *blog* do café de Chelsea.

— Bem... — disse Chelsea, escolhendo as palavras. — É o que eu ouvi dizer. Mas eu nunca experimentei. Como você está, Marcus?

— Eu estou bem — disse o menino enquanto contava cada centavo que trazia no bolso.

— Sua mãe ainda toma o *breve* triplo?

— Sim, mas como você sabe? — os olhos do menino se apertaram denunciando suas suspeitas.

— Eu levo jeito para lembrar as coisas — Chelsea suspirou. — Eu me lembro de tudo.

Chelsea guardou no caixa as moedas do menino sem contá-las.

— Você não deveria estar na escola, Marcus?

— Eu estudo em casa — ele disse, fixando os olhos no chão.

Agora era a vez de Chelsea levantar suspeitas.

Chelsea entregou a Marcus o *breve* triplo para a mãe dele, um chocolate quente para ele e alguns cupcakes para o caminho.

— Estes são por conta da casa. Volte para me ver quando quiser, está bem?

— Uau, muito obrigado, dona!

Bastou Marcus sair pela porta para Chelsea receber os cumprimentos de outro rosto conhecido.

— Deb! Que bom ver você de novo! Há alguns dias Sara e eu encontramos uma foto antiga da sua paixão dos tempos de quarta série! Foi hilário!

Deb conseguiu soltar um sorriso de leve.

— Oi, Chelsea. É bom ver você também — Deb mais uma vez exibia sua elegância: vestido preto feito à mão, elegantes joias prateadas e todos os demais acessórios combinando.

— Amei o que você fez neste lugar.

— Obrigada, Deb — Chelsea ficou se perguntando como a velha amiga conseguia enxergar alguma coisa por detrás dos grossos óculos escuros assinados por algum *designer* famoso. — Como você está? Faz algum tempo que não a vejo.

— Ah, eu tenho andado muito ocupada, sabe? Eu gostaria de provar uma dose dupla de expresso e um dos cupcakes pequenos.

Enquanto Manny e Katrina atendiam ao pedido de Deb, Chelsea arriscou uma pergunta um pouco mais sincera.

— Tem certeza de que está tudo bem?

— Bem... — Deb começou a cutucar a aliança. — Você acha que...

— Encomenda para a sra. Chambers!— a chegada de um enorme buquê de rosas amarelas arruinou o momento.

— Estou vendo que você está muito bem! — Deb disse.

Chelsea rolou os olhos como se estivesse em cena.

— Quem dera minha vida fosse um mar de rosas! — Ela colocou o buquê de lado e se aproximou de Deb, esperando retomar a conversa. — Eu acho o quê?

— Você acha... — mas o momento havia passado. — Você acha que eu posso usar a sua internet? Eu ouvi os boatos mais loucos!

— Claro que sim. Fique à vontade.

Enquanto Deb se retirava para uma mesinha afastada, Chelsea aproveitou para ter o próprio tempo sozinha na saleta que estava quase pronta. Ela apanhou o bilhete que acompanhava o buquê e sentou-se na antiga poltrona da mãe para ler.

Algum plano para o aniversário do Hancock? Não consigo acreditar que nosso menino já está fazendo 13 anos! P.S. Será que isso é contra as regras?

Os dedos de Chelsea tamborilavam pela borda do cartão. Será que aquilo era contra as regras? Ela não tinha certeza. Foi então que ocorreu a Chelsea que, conforme avançava o processo do divórcio, ela precisaria criar várias regras novas. Ela não fazia ideia de como começar. Por um breve instante ela considerou pedir conselhos para o Blog de Deus. Mas pensou melhor. Na verdade, ela imaginava até qual seria a resposta. Não foi Jesus quem disse alguma coisa sobre amar os inimigos?

Não, obrigada. Chelsea era capaz de escrever as próprias regras, por enquanto.

Pergunta: Eu não sei nem o que perguntar. Eu decepcionei toda a minha família. Eu tenho muitos segredos e toda essa culpa está me matando.

Chelsea ficou ouvindo enquanto uma *hipster* atrevida lia uma das perguntas mais tristes do Blog de Deus para uma mesa repleta de amigas barulhentas. Chelsea não costumava se importar quando os clientes liam o *blog* em voz alta. Muitas pessoas tinham experimentado um arroubo de esperança e de incentivo depois de visitar o *site*. Mas aquela intromissão zombeteira atingiu Chelsea bem nos nervos.

Depois de uma explosão de risadas, a garota leu a resposta.

Resposta: Eu conheço todos os seus segredos, até mesmo aquele escondido na sua carteira. Se você ao menos soubesse do presente que tenho para você e com quem você está falando, você me pediria, e eu lhe daria a água da vida. Eu posso purificar você de dentro para fora. Eu te amo. Sempre amei, sempre amarei. Deus.

Para a felicidade de Chelsea a triste pergunta não trazia nome algum. Chelsea vasculhou o café, procurando saber se aquela pergunta anônima partira da velha amiga. Mas Deb já não estava mais lá.

Capítulo 30

— Está lindo! — Manny exclamou. — Mal posso esperar para ver esse lugar cheio de gente amanhã de manhã.

Chelsea deu um passo para trás para admirar a saleta depois de terminada a transformação. O esforço coletivo rendeu um aproveitamento máximo daquele espaço pequeno, ao mesmo tempo que preservava toda a personalidade e a história do quarto, graças ao armarinho de remédios, às cortinas com laços e à antiga poltrona, isso sem mencionar a velha vitrola que resplandecia no canto próximo à prateleira forrada de discos antigos que imploravam por serem tocados.

— Bo, dessa vez você se superou — disse Chelsea ao passar as mãos por uma das duas mesas de madeira restauradas que corriam paralelas à extensão das paredes.

— Não se esqueça do meu incrível ajudante! — disse Bo, dando um tapinha nas costas de Hancock.

— Jamais! — Chelsea respondeu e depois colocou as flores que ganhara de Sawyer em uma das mesas. — Hancock, você já pensou no que vai querer fazer no seu aniversário?

— Já. Vou querer fazer o mesmo de sempre — ele respondeu.

Então Chelsea mordeu de leve o lábio inferior. Sawyer e Hancock tinham uma tradição de fazer todo aniversário ser especial. E aquela era uma tradição que fazia os joelhos de Chelsea tremer e seu estômago revirar. Todo ano, sem exceção, Sawyer levava Hancock para o parque de diversões mais próximo, e acabavam escolhendo a montanha-russa mais alta, mais rápida e cheia de curvas — e o número de vezes em que entravam no brinquedo equivalia à idade do menino. Como o medo de altura encabeçava a lista de fobias de Chelsea, ela não podia imaginar uma maneira pior de celebrar um aniversário. Quer dizer, não até acrescentar Sawyer àquela equação.

— Eu estava pensando em começar uma nova tradição este ano. Afinal, agora você já é um adolescente, não é? — Chelsea tentou dar ares de inovação à sugestão, mas ela soube que o tiro tinha saído pela culatra antes mesmo de terminar de falar.

— Ah, sei — disse Hancock com um tom de voz que exalava o sarcasmo dos adolescentes. — E por que você não vai em frente e termina de planejar meu aniversário? Depois você pode me dizer o que eu vou querer fazer também.

Hancock desapareceu tão logo terminou de falar, deixando um ar de constrangimento entre Chelsea, Manny e Bo.

— O que você acha de encerrarmos por aqui, Manny? — Bo perguntou.

Manny concordou.

— Amanhã será um grande dia!

— Obrigada, rapazes. Vocês são os melhores. E agora acho melhor eu ter uma conversa com o meu filho — Chelsea disse. — Desejem-me sorte — acrescentou, já se dirigindo ao segundo andar.

Chelsea encontrou Hancock na cozinha comendo uma tigela de sorvete. A primeira reação que teria era reprovar o filho por estar ingerindo açúcar tarde da noite, mas, em vez disso, Chelsea aproveitou para se servir também e apertar os cintos para um voo turbulento.

Se não pode vencê-los, junte-se a eles.

Todo mundo já foi? — Hancock perguntou depois de um momento de silêncio.

— Já. Eu acho que você está devendo um pedido de desculpas para o Manny e para o Bo.

Hancock concordou pesarosamente enquanto mexia com a colher a poça de chocolate que se formara na tigela.

— É muito difícil, sabia?

Chelsea ficou olhando o filho lutar para transpor os sentimentos em palavras, sem dúvida um traço hereditário.

— Eu não gosto de não ser mais uma família — ele disse. — E toda vez que eu acho que já me acostumei às mudanças, alguma coisa acontece e muda tudo de novo.

As sobrancelhas de Chelsea denunciavam que ela o compreendia. O filho tinha conseguido expressar exatamente o que ela mesma sentia. Chelsea alcançou a mão de Hancock e a apertou, procurando demostrar seu apoio.

— Mãe, eu sei que o papai não é perfeito e que você não quer mais vê-lo. Mas ele é meu *pai*. Você não pode afastá-lo para sempre.

Capítulo 31

Katrina empurrou a porta vaivém da cozinha.

— Tem alguém aqui que quer vê-la.

— E esse alguém tem nome?

— Acho que sim. Mas eu não perguntei. Ele é alto, sorridente e parece um modelo de capa de revista.

Dennis Darling.

Chelsea sorriu.

— Volto num instante.

Chelsea estava testando uma nova receita que surgira em sua cabeça e, com a ajuda extra que recebia na loja, aproveitava para experimentá-la de fato. Ela não sabia quantas camadas aquele bolo ia ter e com a miríade de assuntos que precisava resolver, era bem possível que aquilo acabasse virando a Torre de Babel. Mas o bolo podia esperar. Chelsea conferiu o visual no reflexo do vidro do forno industrial e domou alguns fios de cabelo rebeldes.

— Sr. Darling! — Chelsea estendeu a mão, mas as mãos de Dennis estavam ocupadas.

— Isto é para você — ele disse ao entregar duas caixas de pizza *gourmet* congelada. — E para as crianças também, é claro.

— Quanta consideração!

— Você é uma batalhadora, Chelsea. Você merece um descanso.

Lá estavam a risada, os dentes brilhantes e a covinha adorável. Aquele rosto era um banquete para os olhos.

Chelsea não conseguia pensar em nada inteligente para dizer e acabou rindo, o que lhe deu a impressão de ter escolhido o gesto menos inteligente possível. Depois de um instante ela acrescentou um simples "obrigada".

— Eu estive pensando... — Dennis começou a falar.

— Cuidado! — gritou Manny enquanto o balde com rodinhas do esfregão tombava de lado derrubando uma água suja na barra da calça e nos sapatos do sr. Darling.

— Ops — Manny disse.

— Desculpe-me, Dennis! — Chelsea falou.

— Por favor. Acidentes acontecem.

— Manny, você pode pegar uma toalha para o sr. Darling?

— Sim, eu posso pegar uma toalha — o tom de voz de Manny exalava a falta de urgência, do mesmo modo como o lento caminhar até a cozinha.

— Não se importe — disse Chelsea, apanhando um maço de guardanapos do balcão.

Enquanto tentavam resgatar os sapatos inundados, Dennis continuou de onde tinha parado.

— Eu estive pensando se você gostaria de almoçar comigo.

— Hã?

— Se você não estiver muito ocupada — e de novo o sorriso.

*

Depois de uma rápida mudança de roupas, Chelsea saiu do café com um vestido preto que ela não usava desde que se separara da estrela da Liga Nacional de Futebol americano.

— Você também tem filhos?— Chelsea reparou nos brinquedos espalhados no banco de trás da BMW do sr. Darling.

— Tenho três. São a coisa mais importante da minha vida.

— E você não é...

— Não. Eu me divorciei. Faz dois anos.

— Perdão. Eu não quis me intrometer.

— Não se preocupe. No começo, foi difícil. Eu não a culpo mais do que culpo a mim mesmo. No nosso dia a dia, eu não tinha nada a ver com a Suzanne. A sensação era de uma guerra com muitos feridos. Mas agora... As crianças estão ótimas e eu sinto de verdade que estou me redescobrindo. Sozinho. E isso é ótimo.

— Isso é ótimo.

— Desculpe. Você não quis se intrometer e eu estou aqui, tagarelando.

— Não, não. É bom ouvir isso, eu fico feliz por você estar bem. Na verdade, eu também estou envolvida em uma situação parecida.

— Eu imaginei.

A conversa continuou até os dois chegarem ao pátio de um bistrô em um bairro chique que o sr. Darling escolhera. Chelsea liberava todo o estresse do dia a dia enquanto bebia dos sons e da bela vista que os cercavam. Clientes bem vestidos entravam e saíam de butiques e restaurantes da moda igualmente chiques, dentre os quais se incluía o principal concorrente de Chelsea: o Café Cosmos.

Dennis estudou a carta de vinhos e pediu uma garrafa de alguma coisa que soava francês e sofisticado.

— Duas taças? — ele perguntou para Chelsea.

— Por que não?

Quando o garçom saiu Dennis retomou as perguntas.

— E então, como tem sido tomar conta do antigo negócio da sua mãe?

— Difícil; muito mais do que eu imaginava. É uma tarefa e tanto ter de cuidar do café e dessa nova versão da nossa família. Mas também há momentos que recompensam. Chelsea não conseguiu segurar o sorriso. — Eu sei o que você quer dizer com se redescobrir. Para mim também é muito bom estar comigo mesma.

Era muito bom poder dividir uma conversa e uma refeição com alguém que não era cliente, funcionário ou filho.

Mas quando a sobremesa chegou, Dennis resolveu ir direto ao assunto.

— Eu gostaria de comprar o Café dos Anjos.

— O quê?

— Eu gostaria de comprar o Café dos Anjos.

— Mas por quê?

Dennis apontou para o outro lado da rua.

— Em um mês, a média de clientes do Café Cosmos encolheu em quarenta por cento. E eu sei bem do que estou falando. Afinal, eu sou um dos donos.

— Quarenta por cento? Por que tudo isso? — Chelsea tinha uma boa ideia do motivo, mas queria ouvir em outras palavras.

— Por conta do seu café. As pessoas amam a sensação de artesanato, as comidas, a arte no café, o charme vintage.

— O Blog de Deus.

— Também. Mas, mesmo assim, você é boa no que faz.

— Suponhamos que eu vendesse o café para você. E depois?

— Há muitos cenários possíveis. Mas vou lhe mostrar um deles. Você continua tocando a loja para mim. Mas sem a dívida para se preocupar. Deixe que eu assumo o risco. Você pode trabalhar de gerente e dormir melhor à noite.

Apesar de Chelsea estar esperando vender a propriedade, ela jamais considerara vender o negócio. Ela nunca pensara nisso. O máximo que conseguia fazer era estimar um preço de venda. Duzentos mil? Trezentos? Quinhentos?

— Acho que um milhão seria um preço justo, não acha? — ela blefou.

— Um milhão é um preço justo — Dennis respondeu sem pestanejar.

Chelsea deu um gole no chá gelado.

— De qualquer modo, qualquer que seja o cenário considerado, o Blog de Deus permanece no café — Dennis disse.

— É claro. Mas você sabe que não sou eu quem está por trás disso.

— Nós contrataremos um responsável para ele. Ou então tentaremos substituí-lo. Talvez os clientes nem notem a diferença. Como eu disse, há inúmeras possibilidades. Enquanto isso, você tem um sistema de segurança, não tem?

— Eu deveria ter, mas não tenho. O roteador fica guardado em uma despensa, ao lado dos guardanapos e dos sacos de café.

— Não precisa se preocupar. Meu ponto aqui é... Seja sábia. Proteja-se de tudo e de todos que possam se locupletar, como eu gosto de dizer. Eu acho que Chelsea Chambers tem um belo futuro pela frente. Uma estrada cheia de possibilidades.

— Eu... Bem... Eu não sei...

Dennis tentou confortar Chelsea apertando de leve a mão dela.

— É muita coisa para pensar, eu sei. Só espero que você dê ao assunto a consideração que ele merece.

Um futuro cheio de possibilidades. Um milhão de dólares. Aquele sorriso sedutor.

Naquela noite, Chelsea cozinhou até tarde da noite, infundindo seus pensamentos em camadas sedutoras de bolo. Expresso, *crème brûlée*, *mocha*, amêndoas...

Cada cenário que ela considerava parecia mais delicioso que o anterior. Ela não sabia quantas camadas aquele bolo teria, mas mal podia esperar para experimentá-lo.

Capítulo 32

Petição para dissolução de casamento.

Chelsea estudou aquelas palavras, rígidas e formais, no alto da página, desprovida das emoções e complexidades que elas demandavam. Ela escorregou o documento para dentro do envelope numa tentativa de repetir aquela arte do desprendimento. Aquele dia era de celebração. Era o aniversário de Hancock.

Chelsea voltou em pensamento para a primeira vez em que segurou o filho, quando Sawyer ainda estava ao seu lado. Ela jamais se sentira tão realizada, tão cheia de esperança. Hoje, ao olhar para Hancock, Chelsea se sentiu da mesma maneira. Mas um pouco diferente. Ela sentia como se tivesse alcançado o topo de uma montanha e, ao chegar lá, deu-se conta de que mal havia começado a subir a base. Ainda havia um caminho bem longo a percorrer antes de poder olhar para baixo.

Era chegado o momento de vencer o medo de altura.

Chelsea subiu as escadas com um cupcake multicolorido coberto com uma espiral de pequenas velas. Treze, para ser mais exato. Emily e a mãe acordaram Hancock cantando parabéns e assoprando as velinhas como faziam todos os anos. Era uma regra da família que, nos aniversários, a sobremesa sempre vinha em primeiro lugar. Depois daquele doce de entrada, Chelsea levou as crianças para tomar café da manhã no lugar predileto de Hancock, deixando Manny e Katrina para tomar conta da loja a fim de que a família pudesse comemorar durante o dia inteiro.

Nos anos anteriores, os aniversários de Hancock sempre foram repletos de surpresas fora do comum. No décimo aniversário, Sawyer alugou um jatinho e voou com Hancock e alguns amigos do menino por sobre o dia de abertura do Estádio dos Yankees, isso antes de terminar a noite em várias rodadas numa montanha-russa em Coney

Island. Sawyer era o rei das surpresas extravagantes, mas, hoje, era dia de Chelsea aprontar uma das suas, ainda que com mais humildade.

O dia estava perfeito para sair de casa. O ar da primavera ainda estava do lado mais frio da definição de perfeito, e os pássaros pareciam cantar, celebrando. O trio então alugou uma carruagem com cavalos de verdade e pediu para o condutor aproveitar o tempo. Ficaram passeando pelo centro de San Antonio até chegarem ao Alamo.

Hancock amou conhecer a missão. Coronel Travis. Bowie. Crockett. Espadas voando e canhões estourando — ele apreciou cada minuto em que esteve lá. Emily, por outro lado, ficou com fome. Então Chelsea sugeriu que comessem no Pig Stand.

Tratava-se de um dos ícones de San Antonio, um restaurante à moda dos antigos estabelecimentos norte-americanos que encantava seus clientes com um cardápio gorduroso e uma decoração extravagante desde a década de 1920. Nos verões, o estacionamento do Pig Stand ficava duplamente lotado no período da noite por causa de uma pista de dança de *doo-wop* que o restaurante oferecia, mas, naquele dia lindo de primavera, Chelsea só queria curtir o *rock'n'roll* vindo da *jukebox*.

Sara, Tony e Bo esperavam a chegada do grupo em uma mesa coberta de vinil repleta de presentes e balões. Depois de alguns abraços e "parabéns", Bo deu ao aniversariante um conjunto de ferramentas e uma Bíblia de capa azul-marinho com o nome "Hancock" estampado. Sara e Tony o presentearam com um *box* de uma edição especial da trilogia de *Guerra nas estrelas*. Depois veio uma rodada de sanduíches da casa tão macios e suculentos que deveriam ter sido servidos acompanhados de babadores.

Depois do almoço, Chelsea e as crianças subiram na van de Sara e Tony e se puseram a caminho da próxima parada.

— Não vale olhar! — Emily disse para o irmão quando ele tentou levantar a venda que tinham colocado em seus olhos.

— Já estamos chegando? — Hancock perguntou.

— Estamos perto! — Tony anunciou do banco do motorista.

Aquele diálogo se repetiu cinco vezes antes de a van parar por completo. Chelsea ajudou Hancock a descer do carro e o conduziu por cerca de quinze passos antes de um enorme barulho seguido de uma onda de gritos e risadas nervosas acabar revelando a localização do grupo.

— Fiesta Texas! — Hancock exclamou, arrancando a venda dos olhos.

O enorme parque de diversões tinha sido construído ao lado de uma antiga pedreira quando Chelsea ainda era adolescente.

— E então, o que achou? — Chelsea perguntou enquanto se dirigiam à entrada.

— Demais! — exclamou Hancock. Vamos na Poltergeist?

— Pode apostar que sim!

— Pai! — Hancock driblou um grupo de turistas holandeses e se jogou nos braços de Sawyer.

— Feliz aniversário! Você ficou surpreso?

Hancock quase arrancou a cabeça de tanto balançar.

— Muito! Mas como... — Hancock olhou para a mãe.

— Quem sou eu para quebrar uma tradição? — Chelsea disse, encolhendo os ombros.

Hancock se soltou dos braços de Sawyer e correu para dar um abraço apertado em Chelsea.

— Obrigado, mãe — ele disse.

Chelsea afastou o cabelo que caía nos olhos do filho e deu um beijo em sua testa. E ele nem reclamou!

— Feliz aniversário, filho— ela disse antes de revelar a última surpresa. — Eu não sei quanto a vocês, mas eu estou pronta para andar na Poltergeist!

Todos os olhares se voltaram para Chelsea.

— Você vai andar na Poltergeist? — Sawyer perguntou, as sobrancelhas quase encostando no cabelo.

— Talvez até duas vezes — Chelsea respondeu, tentando disfarçar um caso sério de tremedeira com um sorriso torto. — Quem quer ir comigo?

Capítulo 33

O café estava em polvorosa. Ainda bem que Manny estava vestido para trabalhar duro. O macacão jeans que terminava em shorts e o All-Star de cano alto ainda forneciam um conforto extra, algo bastante fortuito agora que o clima vinha esquentando e a loja havia sido acrescida da saleta. Mais clientes somados a mais lugares só podiam resultar em mais trabalho.

Depois da correria matinal, Manny desabou em uma cadeira e ficou refletindo sobre quanto sentia falta de suas asas, ou, pelo menos, aquilo que os humanos chamam de asas. Ele riu ao pensar sobre como os humanos retratam os anjos. Mulheres altas com longos vestidos brancos de seda. Gladiadores com asas de pássaros. Ou, o predileto de Manny, bebês rechonchudos pelados com asinhas de pássaros ainda menores. Não era surpresa o fato de seus colegas anjos serem forçados a usar aqueles disfarces humanos. Sem o disfarce de Manny, os clientes do Café dos Anjos estariam gritando de terror. Chelsea não ia gostar daquilo.

Principalmente em se tratando de um de seus clientes favoritos. Marcus tinha voltado ao café pela segunda vez na semana e Chelsea tinha passado a Manny instruções reforçadas para mimar o garoto tanto quanto possível sem que ele percebesse. O mimo do dia consistia de dois chocolates quentes e uma sacola de *croissants* de amêndoas.

— Espero ver você de volta em breve! — Manny acompanhou Marcus até a porta, em parte como cortesia, mas também para poder ver melhor a curiosa cena que se desvelava à frente da janela diante da entrada do café.

A luz suave da tarde formava um halo por sobre Katrina e seu tio Frank e ricocheteava na superfície de aço inoxidável da cadeira de rodas dele. O inconfundível chapéu estilo *fedora* de Frank e o vestido xadrez da sobrinha os faziam parecer completamente perdidos em meio àquele bairro tranquilo. De qualquer modo, a dupla já se sentia em casa naquele cantinho, onde vinham acompanhando o Blog de Deus por horas.

— Ei, Manny — Katrina chamou ao sentir a presença do colega pela enésima vez. — Será que você poderia pegar mais alguns cupcakes para nós?

Manny esquentou dois cupcakes de baunilha rapidamente, tamanha era a pressa que ele sentia em retomar seu lugar na primeira fila da plateia da conversa dos dois. Ele achava que o intercâmbio de ideias entre céticos e fieis era sempre enriquecedor. Mas algum observador aleatório poderia pensar que Frank era o cético da vez. E, de acordo com Katrina, ele tinha todos os motivos para isso.

— Eu estava lá quando aconteceu — Katrina tinha contado para Manny. — Eu vi quando o cavalo o jogou. Vi o instante em que ele bateu no chão.

Apesar dos cinco anos que já haviam passado, a dor no rosto de Katrina ainda estava fresca e suas emoções podiam ser vistas ali mesmo.

— Mas a pior parte... — ela continuou — é que foi tudo minha culpa. Se não fosse por mim, ele jamais teria saído naquele dia.

Por um breve instante, Manny ficou se perguntando se estaria vendo Katrina do céu. Ele conseguia enxergar a culpa e a dor inundando os olhos dela, mas, assim que aquele pensamento ocorreu a Manny, Katrina piscou e mandou de volta uma onda de emoção que deixou seu olhar afiado, mas distante. Aquela janela se fechara. Mas Manny sabia que ela tornaria a abrir.

— O que foi que eu perdi? — Manny disse ao voltar com um prato com os cupcakes.

— Eu vou fazer mesmo, Manny. Vou aceitar a aposta do tio Frank. Vou fazer uma pergunta para o Blog de Deus — Katrina apertou um botão na tela do *smartphone* e leu a pergunta em voz alta.

Você pode me dar um sinal? Por favor. Sinceramente, Katherine Lorraine Phillips.

Ela abaixou o telefone e olhou para Frank.

— Imaginei que, se for mesmo Deus, seria melhor usar meu nome completo.

Instantes depois, Katherine Lorraine Phillips recebeu sua resposta, que também leu em voz alta.

Querida Katrina.

— Ah! Ele usou meu nome preferido!

Que surpresa ouvir palavras suas! Agora sou eu quem tem uma pergunta para você. Estaria disposta a dar um passo na direção da fé? Eu gostaria de conversar mais com você. Com amor, Deus.

— E então, o que vai ser? — perguntou Frank.

Os olhos de Katrina pareceram se perder no espaço. Ela mordeu o lábio inferior e ficou enrolando o cabelo tingido de vermelho.

Manny sorriu. Ao longo dos séculos ele testemunhara a transformação de inúmeras pessoas que buscavam a verdade com honestidade e humildade. Ele se lembrou dos pães e dos peixes e das várias bocas para alimentar. Lembrou-se do tanque de Betesda. E quanto a Katrina? Ele sentia que o vento da mudança começava a soprar.

Katrina passou a encarar o tio e um sorriso apareceu em seu rosto.

— Ah, não— Frank disse. — Não, não, não, não, não. Pode escolher outra coisa.

— Por quê?

— Porque sim! — disse Frank, gritando. — Eu parei de fazer esse pedido três anos atrás. E você pode acreditar, eu pedi com toda a fé que consegui reunir. Eu sei quando vou voltar a andar. No céu.

— Pare de achar que tudo gira ao seu redor, tio Frank. Essa oração é minha. É o meu passo na direção da fé — Katrina virou para Manny, que tinha se transformado no especialista local no Blog de Deus. — Diga o que nós devemos fazer.

Manny apanhou uma cadeira e a colocou de frente para sua colega de trabalho. Ele falava com um tom de confiança na voz.

— Peça — ele disse. — Peça com fé, fé de que Deus vai ouvir e fé de que Deus fará aquilo que for melhor.

— E o que é melhor? Não seria melhor que o tio Frank voltasse a andar?

— É o que parece, Katrina. Mas orar não significa pedir que Deus faça o que nós desejamos. Orar significa pedir que Deus faça o que é certo.

Katrina olhou para Manny com um semblante confuso.

Manny deu uma olhada rápida para Frank. Ele estava sorrindo.

— Frank — disse Manny—, você sabe o que está acontecendo aqui, não sabe?

— Eu sei, Manny — ele sorriu. — Eu já encontrei a paz na minha vida. Deus não curou meu corpo, mas ele fez um ótimo trabalho com meu coração — Frank fez uma pausa e olhou para a sobrinha. — De qualquer jeito, eu ainda estou aberto para os milagres.

O rosto de Katrina se iluminou.

— Eu também, tio Frank.

Katrina olhou para Manny. Ele acenou com a cabeça. Ela inspirou profundamente e se ajoelhou ao lado do tio.

— Eu quero que você faça isso comigo, tudo bem?

Os olhos de Frank se encheram de lágrimas.

Manny também se inclinou.

— Eu acho que lembro como isso funciona — disse Katrina. — Agora tire o chapéu, abaixe a cabeça e feche os olhos — Katrina apanhou a mão do tio e a apertou como se sua vida dependesse daquilo.

— Querido Deus...

Os olhos de Manny se arregalaram de tanta maravilha. Raras vezes ele vira uma demonstração tão honesta e abnegada de fé como aquela. Seria aquele o motivo que trouxe Katrina até o café? Manny cerrou o punho, acrescentando sua dose de fé e de esperança às orações de Katrina.

— Eu lhe peço para curar meu tio Frank. Por favor, eu quero vê-lo andando de novo.

Katrina olhou para cima. O queixo de Frank tremia de emoção.

— Eu dei meu passo na direção da fé. Agora é sua vez.

Frank olhou para Manny, depois para Katrina.

— Muito bem, vamos lá.

Frank fechou a boca e tentou invocar a coragem. Ele apoiou o braço na cadeira de rodas e começou a dar um impulso para cima. Enquanto Katrina ajudava Frank a sair da cadeira de rodas, Marcus e outros curiosos se aproximaram para testemunhar a cena.

Katrina segurou um braço, Manny segurou o outro. Quando Frank estava em pé, as pernas começaram a tremer.

— Filho — ele disse para Marcus —, puxe minha cadeira para trás.

Marcus se apressou e tirou a cadeira dali.

Sem a cadeira por perto, Frank se forçou a ficar ainda mais reto.

— Eu estou pronto.

Manny e Katrina então o soltaram. Frank deu um passo e começou a cair. A dupla de funcionários tornou a segurá-lo.

— Eu estou bem — ele disse depois de se estabilizar. — É que já faz algum tempo. Deixem-me tentar de novo.

Manny olhou em volta. Os poucos clientes estavam em silêncio. Todos os rostos mostravam esperança. Não havia barulho, mas, de repente, uma lufada de ar, um brilho fugaz. Com o canto do olho, Manny viu algo, ou alguém, parado na varanda. Manny então olhou para a porta da frente aberta.

Mas ele não olhou por muito tempo.

— Estou pronto — Frank anunciou. Desta vez foi ele quem se soltou dos apoiadores. Ele deu um passo, depois outro, depois mais outro. Frank caminhou, atravessando a sala. Depois de seis passos ele se apoiou em uma mesa e olhou para Katrina. Seu rosto estava coberto de lágrimas.

O dela também.

— Deus ouviu nossas orações, tio Frank — disse Katrina, sorrindo.

Ele devolveu o sorriso.

— Ele sempre ouve, Katrina. Sempre ouve.

Capítulo 34

Chelsea resistiu por três das treze vezes que Sawyer e Hancock andaram na Poltergeist. Se alguém tivesse dito a ela um mês atrás que ela estaria em uma montanha-russa ao lado de Sawyer em um parque de diversões, ela teria chamado aquilo de tudo, menos de diversão. Há um mês, Chelsea não conseguia nem pensar em Sawyer. Hoje, a presença dele nem mesmo a incomodava. E era exatamente *isso* que a estava incomodando de verdade.

Chelsea estava aliviada por ter Sara e Tony por perto para dar apoio.

— Dizem que são as coisas mais simples da vida que nos fazem felizes. Mas a felicidade é tudo, menos simples. Basta olhar para nós — Chelsea disse para Sara enquanto as duas olhavam Sawyer e Tony ajudando Hancock e Emily a jogar sapos de borracha em flores de metal na tentativa de ganhar um unicórnio gigante. Hancock já tinha ganhado um polvo enorme com tentáculos que brilhavam no escuro.

Hancock e Emily nunca ficavam tão felizes quanto quando o pai estava por perto, e nada deixava Chelsea mais feliz do que ver seus filhos se divertindo. Por mais que ela tentasse se afastar de Sawyer, parecia que a felicidade dela sempre estaria ligada a ele.

— Sawyer parece estar muito bem ultimamente — disse Sara. — Sabia que ele contou para Tony que está conversando com um pastor amigo de Tony que mora em Austin?

— Bom para ele — disse Chelsea. — Eu quero que ele fique bem, sabe? Pelas crianças.

— Ponto!

A animação de Sawyer invadiu o quiosque onde Chelsea e Sara esperavam. O sapo arremessado por Hancock aterrissara bem no centro do alvo.

— Nós ganhamos, mamãe! — Emily sacudia o prêmio como uma verdadeira campeã.

— Impressionante! — Chelsea disse quando todos se reuniram.

— Mamãe, será que podemos ficar para assistir aos fogos? O papai disse que precisamos pedir para você — Emily disse.

— Bem, daqui a pouco tio Tony e tia Sara vão precisar voltar para casa para liberar a babá. Além disso, eles têm de preparar a igreja para amanhã.

— Talvez o papai possa nos levar para casa, então? — Hancock perguntou.

— Bem... — Chelsea avaliou os rostos do grupo em busca de reações. Todos estavam concordando.

Obrigada pelo apoio moral, Sara.

— Tudo bem... Se estiver tudo bem para você também — Chelsea disse para Sawyer.

— Ficarei muito contente em ser seu chofer — Sawyer respondeu e se curvou em reverência.

Emily entrou na brincadeira.

— *Gracias, señor.*

— Então está decidido — disse Chelsea. Mas ela não se sentia tão decidida assim por dentro. Aquela era a primeira vez em que todos estavam juntos, os quatro da família, desde a separação. Ela não queria que as crianças ficassem com a ideia errada. E menos ainda em relação a Sawyer.

O último encontro entre eles passou pela cabeça de Chelsea muitas vezes enquanto a noite avançava.

Eu tenho todos os motivos de que preciso para me divorciar de você.

Eu sei que você tem, mas vou continuar torcendo para você não fazer isso.

Será que ele se sentiria do mesmo jeito depois que ela entregasse os papéis do divórcio? Chelsea sabia que conseguiria viver sozinha. Ela já tinha provado aquilo para ela mesma e para todo mundo. Mas será que ela desejava isso?

Chelsea desfez aquele pensamento tão logo ele lhe ocorreu, culpando o elaborado show de fogos de artifício e a falta de companhia adulta. Ela não precisava mais se preocupar com aquele assunto. Havia muitas opções, afinal. Dennis Darling dissera que diante dela havia uma estrada inteira. E cheia de possibilidades!

— Existem muitas ótimas oportunidades por aqui — disse Sawyer enquanto dirigia pela estrada. As crianças estavam roncando no banco de trás. — Tanto em Austin quanto em San Antonio.

Chelsea não via Sawyer animado daquele jeito havia muito tempo. Pelo menos não tão animado por algo tão sem importância. Era muito estranho como o jogo havia virado. Lá estava Sawyer procurando emprego enquanto ela cuidava de um negócio bem-sucedido. Um negócio de um milhão de dólares.

— Eu sempre soube que queria ser treinador — Sawyer continuou. — Eu só não estava pronto para ser mais humilde e aceitar o fato. Talvez esse seja o recomeço de que eu preciso na vida. Além do mais, eu estarei por perto, sabe? Tão perto quanto você quiser que eu esteja.

— Isso é maravilhoso — disse Chelsea.

Espera, o que é que estou dizendo? Mais perto não é maravilhoso.

O campo magnético de Sawyer estava bagunçando os dados tão ordeiramente arrumados e divididos na cabeça de Chelsea.

— Acho que Austin seria ótimo — ela completou.

E também ficaria a pelo menos 45 minutos de distância.

Sawyer desanimou um pouco.

— Bem, vamos ver...

O resto do caminho foi percorrido em silêncio.

Chelsea forçava os pensamentos a voltar para o café e para o apetitoso bolo de várias camadas que esperava por ela na cozinha. Não havia qualquer notícia nova de Manny ou de Katrina desde a manhã, de modo que Chelsea assumia que o dia transcorrera sem maiores surpresas.

Mas no instante em que Sawyer embicou o carro na rua, Chelsea soube que havia algo errado. A porta da frente da loja estava aberta e balançando com o vento. Vidros quebrados forravam a varanda. Um rastro de cacos de vidro levava até a despensa, onde grãos de café se espalhavam pelo chão. Mas aquela era a menor das preocupações de Chelsea.

O roteador havia sumido. O Blog de Deus estava acabado.

Capítulo 35

— Pegue as crianças e volte para o carro. Eu vou chamar a polícia — Sawyer entregou as chaves para Chelsea.

— Venham, crianças — Chelsea pegou a pequena Emily no colo e saiu correndo pela porta com Hancock ao seu lado.

— Mas quem faria algo assim, mãe? — Hancock perguntou enquanto entrava no carro de Sawyer.

— Eu não sei, querido.

— O que o papai está fazendo?

— Ele está vendo se não há perigo para vocês.

Pela primeira vez em muito tempo — tanto tempo que ela mal conseguia se lembrar — Chelsea estava aliviada por Sawyer estar por perto. Por detrás do vidro escurecido do carro, ela ficou olhando as janelas se iluminarem uma a uma enquanto Sawyer percorria a loja. Quando a polícia chegou, as suspeitas se confirmaram: apenas o roteador havia sido roubado e parecia não haver mais nenhum perigo imediato.

Quando a polícia terminou de preencher os relatórios e deixou o lugar, já passava da meia-noite. O plano original de Chelsea era encontrar um hotel para passar a noite com as crianças, mas Emily dormia profundamente no banco do carro e Chelsea odiava a ideia de ter de acordar a filha.

— Será que não podemos ficar aqui? O papai pode dormir aqui também — Hancock sugeriu.

Sawyer olhou para Chelsea.

— Eu posso dormir no sofá do salão. Acho que só um louco tentaria alguma coisa contra uma estrela da Liga Nacional de Futebol, certo?

— Está bem. Talvez seja uma boa ideia.

Sawyer não conseguia apagar o sorriso do rosto enquanto tirava Emily do banco de trás. Chelsea ficou torcendo para aquilo não ser um erro.

*

Depois de uma noite cansativa, Chelsea acabou dormindo um pouco mais e, ao descer as escadas, deparou com uma cena inacreditável e incômoda no café: era como se fosse seu mundo, mas sem ela. Manny e Katrina estavam reorganizando a despensa invadida. Hancock e Emily tomavam café da manhã em silêncio em uma mesa. Sawyer e Bo trocavam os vidros quebrados. Chelsea percorria aquela cena como um fantasma, invisível e sem ser notada.

— Bom dia para todo mundo! — ela exclamou.

— Oi, Chel! — Sawyer cumprimentou sem parar o conserto da janela, dando a impressão de que estava muito à vontade na casa de Chelsea.

Manny e Katrina correram para perto dela.

— Graças a Deus que as crianças não estavam aqui quando tudo aconteceu — disse Manny.

— Sim, ainda bem — Chelsea respondeu. — Mas eu ainda estou preocupada. O que vocês acham que os clientes vão dizer quando descobrirem que o Blog de Deus sumiu?

Mas bastou a loja abrir para Chelsea conseguir a resposta, muito pior do que ela antecipara. Com Sawyer Chambers no lugar, o café tinha adquirido uma nova estrela. É claro que havia clientes decepcionados e reclamando, mas Sawyer levava jeito para lidar com as pessoas como ninguém. Ele conseguia transformar lágrimas em sorriso em uma questão de segundos. Pela hora do almoço já havia uma multidão atraída por ele esperando autógrafos e uma foto com o ídolo do futebol americano, que seduzia até os analfabetos do esporte. Mas quando ele apareceu com uma enorme fatia do precioso bolo de várias camadas que Chelsea tinha feito, ela sabia que era o ponto final. De modo algum ela admitiria que Sawyer Chambers comesse seu bolo.

Chelsea marchou até o quarto no segundo andar e pegou o envelope guardado na escrivaninha.

Petição para dissolução de casamento. Aquelas palavras já não soavam rígidas e formais; elas saltavam da página, convidando Chelsea a integrar as fileiras dos temíveis cinquenta por cento. Chelsea assinou o nome na linha indicada e desceu. Era chegada a hora de avisar a Sawyer que ele estava fora do jogo da sua vida.

Na primeira oportunidade que teve de falar a sós com Sawyer, Chelsea entregou o envelope.

— E você até assinou? — os dentes de Sawyer se apertaram enquanto ele se retesava contra o balcão de aço inoxidável da cozinha.

Chelsea não conseguia dizer ao certo se ele estava segurando um rio de lágrimas.

— Atrasar o processo só vai servir para confundir as crianças — ela disse, tentando se manter firme. — Convidar você para dormir aqui e deixar você ajudar com as coisas da loja também não ajuda em nada. Não que eu não aprecie a ajuda.

— Tome — disse Sawyer depois de um silêncio constrangedor. Ele estendeu o braço devolvendo os papéis para Chelsea.

— O que foi?

— Eu não posso assinar isso.

— Como assim, você não pode assinar? Você já deu sua palavra! — a voz de Chelsea mudava de tom enquanto ela gritava.

— Bem, mas não concordo mais — ele disse, batendo com o envelope no balcão.

— Não torne as coisas mais difíceis do que elas devem ser. Eu vou mandar a papelada para seu advogado.

— Faça o que você quiser.

— Chelsea? — Manny apareceu na porta da cozinha, mas a tensão que preenchia o ar o impediu de avançar. — Desculpe-me.

— Sem problemas — Sawyer grunhiu. — Eu estava de saída.

Manny escapuliu de volta para o salão quando Sawyer partiu em direção à saída.

— Você não precisa ir embora assim, Sawyer — disse Chelsea.

Sawyer parou e deu meia-volta. A intensidade dentro dele era palpável.

— O que você quer que eu faça, Chelsea? Se você me disser para ficar, eu ficarei. Eu não posso prometer que serei perfeito. Mas eu espero poder ser o tipo de homem que você quer ter ao lado. O tipo de homem que você quer para cuidar da sua família, para dividir um lar. Eu estou me tornando esse homem. Eu estou fazendo isso pelo Hancock, pela Emily e por mim. E também por você. Porque eu amo você, eu sou apaixonado por você. Por isso, me diga o que você quer que eu faça, e eu farei.

Chelsea afundou no banquinho que estava ao lado. O vento parecia tê-la atingido em cheio.

— Acho melhor você ir embora — ela respondeu com voz frágil. Ao mesmo tempo, torcia para não se arrepender daquela escolha.

Capítulo 36

— O sr. Darling vai recebê-la agora.

Chelsea seguiu uma morena cheia de curvas até o sofisticado escritório de Dennis Darling no bairro de Alamo Heights. O barulho ritmado do sapato plataforma da jovem bem poderia soar como um dedo apontado que ridicularizava Chelsea pela roupa que ela escolhera para a ocasião. Chelsea esperava que a roupa de linho e a rasteirinha combinando lhe dariam um ar de confiança, mas o escritório ultramoderno a fazia parecer tão deslocada quanto uma senhora idosa. O bolo cheio de camadas que ela trazia nas mãos também não ajudava em nada.

— O que eu posso fazer por você hoje, Chelsea? — perguntou o George Clooney das imobiliárias de San Antonio.

— Espero que você goste de bolo de framboesa com chocolate! — Chelsea entrou no escritório do sr. Darling apresentando sua criação.

— Muito obrigado — mas o sorriso fácil não estava ali.

— Eu esperava poder dar continuidade à nossa conversa. Sabe, aquela da semana passada? — Chelsea disse.

— Britney, nós não vamos demorar — Dennis disse para a assistente, que fechou a porta e voltou para sua mesa.

Dennis virou a cadeira para ficar de frente para Chelsea.

— E como vai o Café dos Anjos? Quero dizer, agora que o Blog de Deus sumiu.

— Bem... — aquela era a pergunta que todos faziam.

Não havia como negar que, depois de seis dias inteiros sem a famosa atração do café, o movimento havia diminuído. Nos três primeiros meses da empreitada, Chelsea tinha conseguido fazer o pagamento mensal de nove mil e quinhentos dólares sem muita dificuldade. Mas com a expansão do negócio vinha também a expansão das despesas: os fornos novos, a restauração da saleta e os dois funcionários, isso sem falar dos gastos gerados pela própria família. Chelsea conseguira fazer o pagamento da parcela com vencimento em abril, mas apenas algumas centenas de dólares sobreviveram ao ato. Com mais cinco parcelas em vista, Chelsea agradecia por Hancock e Emily não se importarem em comer sanduíches de manteiga de amendoim e geleia por mais algum tempo. Mesmo assim, ela desejava se livrar daquele fardo.

— Os negócios vão bem — Chelsea continuou. — Quero que você saiba que tenho pensado naquela conversa. E pensado bastante, na verdade. Eu cheguei a uma solução que talvez seja do seu interesse.

— Sim?

— Uma sociedade. Eu poderia vender cinquenta por cento do café pela metade do valor que discutimos. Obviamente, eu continuaria a gerenciar o negócio no dia a dia.

— E qual foi mesmo o número que discutimos?

Chelsea mexia as mãos, irrequieta. Por que ele estava dificultando as coisas daquele jeito? Onde teria ido parar todo aquele charme, sua marca registrada?

— Bem... — a boca de Chelsea estava seca, quase tão seca a ponto de não conseguir falar. — Um milhão de dólares era o valor que discutíamos. Mas eu estou oferecendo a metade.

— Quinhentos mil, portanto?

— Sim.

— Por cinquenta por cento do negócio?

— Exatamente.

— E tudo isso sem aquele seu *blog* mágico?

Chelsea se revirou na cadeira.

— Sim... O *blog* nunca esteve sob meu controle. Por assim dizer.

— Humm. Então isto aqui — Dennis pegou o celular do bolso do paletó esportivo — não foi culpa sua? Por assim dizer?

Dennis mostrou para Chelsea uma mensagem que ele tinha recebido. Era uma fotografia de uma pergunta no Blog de Deus:

Resposta: Eu conheço todos os seus segredos, até mesmo aquele escondido na sua carteira. Se você ao menos soubesse do presente que tenho para você e com quem você está falando, você me pediria, e eu lhe daria a água da vida. Eu posso purificar você de dentro para fora. Eu te amo. Sempre amei, sempre amarei. Deus.

Chelsea se lembrava da pergunta.

— Hum... não. Com toda certeza, não fui eu. Como eu disse antes, eu não tenho nada a ver com as respostas desse *blog*.

— Então foi tudo obra de Deus?— o tom de voz de Dennis era desagradável, não tinha charme algum e em nada parecia encantador.

— Eu não posso afirmar que...

— Você quer que eu acredite que a mulher que estava saindo comigo, que, por acaso, é sua amiga de infância, fez uma pergunta ao *blog* que está no *seu* café e recebeu uma resposta extremamente pessoal de um Deus onisciente? Por que ele, ou devo dizer ela, teria interesse em acabar com um relacionamento entre dois adultos? Por inveja, talvez?

— Desculpe-me, mas eu não fazia ideia...

— De que a chave do quarto do hotel estava na carteira da Deb?

— O quê? Não! — Chelsea balançava as mãos como se tentasse impedir as balas acusatórias disparadas por Dennis.

Mas então um pensamento surgiu, um pensamento que fazia sentido demais para ser ignorado. Chelsea se levantou e apontou o dedo para Dennis.

— Você! Foi para você que eu contei onde eu guardava o roteador! Como é que eu posso saber que não foi você quem o roubou do café? Afinal, seu outro negócio, o Café Cosmos, com toda certeza se beneficiaria da minha desgraça!

— Você tem ideia de quão louca está parecendo? Quer saber de uma coisa? Pode esquecer. Eu não estou mais interessado em você ou no seu café. Nem em cinquenta por cento do seu negócio. Ou em qualquer jogada de *marketing* como aquele *blog* que você venha a criar para alavancar seu próximo negócio — Dennis girou em sua cadeira e voltou-se para o *laptop*. — E a propósito, eu tenho alergia a framboesa.

Chelsea saiu do escritório de Dennis Darling com o bolo na mão e a cabeça girando enquanto tentava fazer as peças daquele quebra-cabeça se encaixar. Deb Kingsly, a síntese de uma dona de casa de Alamo Heights e... Dennis Darling? E pensar que Chelsea se deixara encantar por aquele sorriso ladrão e adúltero. Pelo menos o que quer que fosse, ou quem quer que estivesse por trás do *blog* tinha colocado Deb no rumo certo.

Chelsea tentava conter uma enxurrada de emoções enquanto procurava as chaves do carro com uma das mãos e equilibrava o delicioso bolo de framboesa e chocolate com a outra. Mais uma vez ela se deixava tomar por uma constatação dolorosa. Não haveria mais sociedade. Nem cinquenta por cento. Nem folga para pagar a dívida. Nenhuma fada madrinha para salvá-la com uma carruagem de abóbora. Chelsea estava sozinha.

Apesar de tudo, Chelsea conseguiu encontrar algum conforto. Ele estava no retrovisor, de todos os lugares imagináveis. Enquanto ia embora, Chelsea aproveitava para dar uma última olhada naquele incrível bolo de chocolate e framboesa espatifado contra o para-brisa da BMW limpinha do sr. Darling.

Capítulo 37

O pátio da Igreja Comunidade da Fe tinha se transformado em um refúgio para Manny, principalmente para orar. Havia algo familiar no coral angelical daquela igreja e nos louvores entoados em perfeita harmonia; Manny sempre se sentia mais próximo do céu naquele lugar. E o céu bem sabia o quanto ele sentia falta do lar celestial. Fazia semanas que Manny não encontrava nem recebia notícias de Gabriel. A falta de comunicação estava cobrando seu preço de Manny. E também do Café dos Anjos, sem dúvida.

A grama fofa consolava os joelhos de Manny ao mesmo tempo que convidava aquele gesto de louvor a remover as preocupações do dia a dia. Mas os pensamentos dele destoavam da harmonia da melodia do coral, seus pensamentos clamorosos criando uma dissonância que apenas Manny conseguia ouvir. Ele se sentia como o condutor de uma orquestra atrapalhada.

Calma! Manny tentou forçar a mente a permanecer um minuto em silêncio antes de permitir que as ideias voltassem a um ritmo mais melódico.

Como ele permitiu que o Blog de Deus fosse roubado? Por que ele não fora avisado? Será que ele tinha falhado com Chelsea, ou, pior ainda, com Deus? Será que esse aparente silêncio dos céus era uma punição?

Gotas de suor rolaram da testa ansiosa. O coração batia como se no compasso de um baixo. Manny jamais se sentira tão humano, tão frágil. Ele sabia que a vitória final pertencia ao céu, mas aquilo não significava vencer todas as batalhas.

O espírito está pronto, mas a carne é fraca.

Aquelas palavras soavam cristalinas, um refrão, com poder de acalmar, escrito pelo Maestro em pessoa. Manny lembrou-se do grande oratório que se ouvira pela primeira vez no jardim chamado Getsêmani.

Ele encontrara conforto em saber que não estava sozinho na dor. O céu não o abandonara. O céu jamais abandonaria Manny.

Faça-se a tua vontade. Não seja como eu quero, mas sim como tu queres.

Aquelas palavras atingiram Manny como nunca antes. Ele então as repetiu em voz alta, com firmeza.

Capítulo 38

Chelsea se assustou com o preço estampado na etiqueta dos tênis brilhando de novos que Hancock tinha escolhido.

— O que você acha de olharmos em outra loja, querido?

— Tudo bem — Hancock deu de ombros.

Chelsea acompanhou o filho aborrecido até o saguão do shopping, onde encontraram uma banda de *mariachis* tocando uma música alegre e festiva. Ela tinha imaginado que aquela escapada para comprar um tênis, uma atividade entre mãe e filho apenas, seria uma distração bem-vinda diante de todas as preocupações trazidas pela loja e pelas mudanças na dinâmica familiar. Em vez disso, a atividade se provava uma tortuosa lembrança dos novos rumos da vida. Na última vez em que levara Hancock às compras, Chelsea deixara o shopping com o filho cheia de caixas de sapatos novos, e ela não teve nem a preocupação de olhar os preços. Naquele dia, no entanto, ela mal conseguia substituir o tênis surrado que o filho trazia nos pés.

Chelsea conseguia lembrar-se de situações parecidas de sua adolescência, quando saía para fazer compras com a mãe e acabava sempre ganhando algo de marca genérica. No dia seguinte, na escola, Chelsea se sentia tão inferior quanto à imitação que trazia nos pés. Mas ela sobreviveu, e o mesmo valia para Hancock. Era o que ela repetia para si mesma nos últimos dias, quando reuniu coragem suficiente para iniciar com o filho a conversa há muito adiada a respeito do divórcio.

— Então, Hancock — disse Chelsea, pisando em ovos. — Faz um tempo que eu quero conversar com você sobre...

— É, eu sei. Mas eu não quero falar sobre isso agora, mãe.

— Tudo bem...

— Mas quando tudo terminar, eu quero ir morar com o papai — Hancock seguiu em frente e deixou Chelsea para trás, numa tentativa de evitar a inevitável dor que aquela confissão causaria na mãe.

Chelsea parou por um instante para dar espaço para o filho e para ela mesma recuperar o fôlego. Ela precisava se manter firme. Pelo menos até chegar em casa. Chelsea tinha aceitado o fato de que a família precisava de um novo livro de regras. Mas jamais lhe ocorrera que ela não seria a única a escrever tais regras.

Chelsea alcançou Hancock com as emoções sob controle.

— E o que você acha destes aqui? — ela disse, apontando para um par de tênis monocromático.

— Hum... Acho que tudo bem — Hancock disse, tentando parecer educado. — Mas eu gosto mais desses.

Chelsea arregalou os olhos ao ver a escolha de calçados do filho: um par de tênis de skate com um enorme desenho de grafite fluorescente. Pelo menos o preço era justo. — Ótimo. Vamos entrar na loja.

Hancock deu uma olhada para o preço marcado na etiqueta.

— Será que ainda podemos comer fora?

— Vamos pegar um hambúrguer e um *milk-shake* antes de ir embora.

— Sério?

Um par de tênis com uma pichação e *fastfood*. Chelsea já estava vivendo de acordo com a mais nova regra na sua vida: escolha as suas batalhas com cuidado.

Capítulo 39

Chelsea deslizou por entre Emily e Hancock no último banco da igreja durante uma rodada de aplausos cujo motivo ela desconhecia. Sem o atrativo do Blog de Deus, ela precisava aproveitar cada oportunidade para juntar algum dinheiro. Aos domingos, aquilo significava chegar uma hora mais cedo e passar algum tempo com os idosos tagarelas da igreja até que eles passassem para o templo, às vezes, já bem depois da metade da pregação de Tony.

— O que foi que eu perdi? — Chelsea sussurrou para Hancock.

— Lá está ela — uma voz conhecida ecoou pelo templo, mesmo sem usar um microfone. — Graças àquela mulher bem ali e pelo trabalho operado por Deus na loja dela e em minha sobrinha, hoje eu consegui andar. Para mim, ela é uma mulher de Deus.

A congregação irrompeu em outra onda de aplausos. Com exceção de Chelsea, que permanecia sentada, estarrecida. É claro que tinha ouvido que Frank, o tio de Katrina, que vivia preso a uma cadeira de rodas, tinha levantado e andado dentro da loja, mas rotulou a história como boato junto de inúmeros outros relatos a respeito do Blog de Deus. Da reunião de irmãos há muito separados à descoberta de polpudas heranças, as histórias dos assim chamados milagres eram bastante comuns. O milagre de agora, contudo, Chelsea testemunhava com os próprios olhos.

Chelsea assistiu de olhos arregalados quando Frank desceu da plataforma com facilidade e começou a andar pelo corredor central, passando por Katrina.

Eu nunca tinha visto Katrina aqui.

— Chelsea Chambers, Deus lhe concedeu um grande dom — Frank agora estava ao lado de Chelsea. Ela afundou no banco em que estava, coberta de toda aquela atenção indesejada.

— Com o Blog de Deus, sua loja se tornou um lugar para as pessoas encontrarem Deus do jeito que elas são. No mundo em que elas vivem. Eu acho que poderíamos agir mais desse mesmo jeito na nossa igreja — disse Frank bastante sinceramente, arrancando mais aplausos. Os olhos de Chelsea logo buscaram os de Tony, que parecia ser o único a não aplaudir.

— Como a maioria de vocês já sabe — Frank continuou —, o Blog de Deus foi roubado. A história apareceu em todos os jornais quando aconteceu, mas uma semana já se passou e ainda não há novidades. Por isso, eu gostaria de oferecer uma recompensa no valor de dois mil dólares pelo roteador roubado, e gostaria também de pedir que vocês se juntem a mim para aumentar esse valor. Isso se estiver tudo bem para você, Chelsea. E para o pastor, é claro.

Todos da congregação ficaram em pé. Chelsea ficou boquiaberta com aquele gesto de apoio coletivo. Frank abriu um sorriso caloroso antes de tornar a se dirigir à multidão.

— Esperem por mim na cantina depois do culto. Juntos nós podemos despertar nossa comunidade. De dentro para fora!

*

O discurso de Frank serviu como uma dose de cafeína pura para a congregação. Foi como se uma dose quádrupla tomasse conta da fila, que agora serpenteava toda a cantina. Parecia que todos os fiéis da Igreja da Comunidade da Fé estavam dispostos e ansiosos por ajudar. Chelsea e Katrina estavam prontas para servir todos eles. Com a jarra da gorjeta transbordando, Chelsea fez uma anotação mental para encontrar Tony e Sara e agradecer pessoalmente por toda aquela ajuda e generosidade. Mas foram eles quem a encontraram antes.

— Isso não está certo, Chelsea — Tony disse, puxando Chelsea de lado. — Nós estamos no meio da reforma da sala da juventude e agora nossa congregação vai doar dinheiro para resgatar uma estratégia de *marketing*?

Chelsea ficou chocada com a resposta de Tony. Ela olhou para Sara, que tentou agir como mediadora.

— Eu acho que o que o Tony quis dizer é que ainda há muita coisa para ser explicada. Mesmo se o Blog de Deus for recuperado. Nós queremos que nossa congregação faça a coisa certa.

— Tudo isso — Tony fez um gesto apontando para a fila de pessoas que Katrina estava servindo — não passa de distração.

— Então você quer que eu vá embora? — Chelsea perguntou. Nem Tony, nem Sara responderam, o que já era uma resposta em si. — Entendo — ela respondeu, lutando para segurar uma série de palavras que jamais deveriam ser ditas em uma igreja.

Mas antes que Chelsea perdesse tal luta, Sara interrompeu, com o rosto repleto de preocupação.

— Oi, Marcus. Você está bem?

Chelsea se virou e deu de cara com seu freguês mais jovem, os ombros caídos com o peso da mochila azul, o rosto encharcado de lágrimas.

— Dona Chelsea, me... — Marcus lutava para conseguir falar. O corpo pequeno tremia inteiro após cada soluço — des... Tome.

O menino limpou as lágrimas na manga do casaco e tirou a mochila das costas, entregando-a para Chelsea.

Chelsea abriu o zíper. Escondido entre gibis e roupas sujas estava o roteador perdido, sem brilho algum, mas intacto.

— Marcus...

— Desculpe-me, dona Chelsea. Desculpe-me.

— Mas... por quê? — Chelsea perguntou, colocando a mão sobre o ombro do menino. Apesar da transgressão, prevaleceu a compaixão que sentia por Marcus.

— É a minha mãe. Ela está muito doente. Tipo, muito, muito doente. E eu pensei que, talvez... — os olhos do garoto se viraram para onde estava Frank, de cabeça baixa em oração na companhia de outro fiel. — Minha mãe queria fazer uma pergunta para o Blog de Deus. Mas ele não funcionou no hospital — os olhos do menino se encheram novamente de lágrimas. — Eu não queria estragar tudo para todo mundo.

— Venha aqui — Chelsea puxou Marcus para perto e o abraçou. — Às vezes nós fazemos a coisa errada pelo motivo certo. Todo mundo já passou por isso — Chelsea olhou para Tony, que desviou o olhar. — Mas agora você está fazendo a coisa certa e isso é o que mais importa.

Marcus concordou.

— Onde está sua mãe agora? — Sara perguntou. — Já faz um tempo que ela não vem à igreja. Nós sentimos a falta dela.

— Ela está no Hospital Santa Rosa. Eu estou indo de ônibus para lá.

— Você pode vir comigo. Eu levo você até lá — Chelsea disse para surpresa geral.

— O quê? — Marcus perguntou.

— Eu ainda não fiz uma pergunta para o Blog de Deus. Ela pode usar minha vez.

O rosto do garoto se acendeu como um sol, o que só serviu para contrastar ainda mais com a expressão fechada nos rostos de Sara e de Tony. Marcus saiu correndo pela cantina na direção da porta.

— Manny, você pode levar o roteador de volta para o café? — Chelsea pediu.

— Isso é ridículo! — Tony deixou escapar por entre os dentes cerrados.

— Eu vou fazer a pergunta por ela.

— Chelsea... — Sara tentou intervir.

— O que foi? — disse Chelsea com rispidez. — Precisamos fazer todo o possível para ajudar essa família.

Capítulo 40

— E já está funcionando? — Chelsea ficou esperando Manny se entender com o roteador do outro lado da ligação. — Está? Ah, graças a Deus! Lembre-se de contar para todo o mundo. Melhor, coloque um aviso. Eu estou no hospital ainda. Não devo demorar muito.

Ela seguiu Marcus por um corredor até um *hall* com elevadores esterilizados — onde logo encontrou Sara e Tony esperando por eles. O casal havia abraçado o desafio de Chelsea e estava disposto a fazer o possível por Marcus e sua família.

— O Blog de Deus está funcionando — Chelsea disse segurando o tom de voz e represando as emoções. Ela quase conseguia ver Tony mordendo a própria língua.

— Minha mãe está no décimo andar — Marcus disse.

Décimo andar. UTI. Chelsea tinha lido a placa na entrada do hospital.

A viagem no elevador foi longa e silenciosa. Marcus deixara Tony, Sara e Chelsea no *hall* para preparar a mãe para as visitas.

— Eu ainda acho que isso é uma má ideia — disse Tony. — Como pastor, posso garantir uma coisa: respostas superficiais não funcionam em hospital.

Antes que Chelsea pudesse responder, Marcus estava de volta.

— Vocês podem entrar, mas ela não está muito bem hoje.

O grupo seguiu Marcus até o quarto em que Desiree Johnson estava; o corpo esquelético, devastado pelo câncer. Enterrado bem debaixo das sobrancelhas, um par de olhos cor de mel que não brilhavam mais, mas que reluziam de leve ao ver o filho. Chelsea segurou a mão da irmã, tentando se fortalecer ante a chocante visão.

— Mamãe, essa é a Chelsea, a dona daquele *site*.

— Oi, Desiree — Chelsea disse. — Eu soube que você tem uma pergunta para fazer ao Blog de Deus.

Chelsea se decepcionou com as próprias palavras. Elas soavam demasiadamente triviais em uma circunstância desesperadora como aquela.

Desiree acenou agradecida e virou para o filho.

— Você pode sair por um instante, querido?

Logo que Marcus saiu, Desiree fez um gesto para que os visitantes sentassem debaixo da solitária janela daquele quarto escuro.

— Obrigada por terem vindo, especialmente você, pastor— Desiree disse.

Tony coçou o queixo, tentando disfarçar a emoção.

— Desiree... Nós não fazíamos ideia — ele disse olhando para Sara, de cujos olhos brotavam lágrimas. — Eu sinto muito.

— Você não precisa se desculpar. Estou feliz pela oportunidade de ver você mais uma vez. E de conhecer você também — Desiree disse plantando os olhos em Chelsea. — Você foi muito boa para o Marcus. Muito obrigada.

Chelsea tentou forçar um sorriso.

— Eu tenho apenas uma pergunta para Deus antes de ir. Todo o resto pode ser respondido no céu.

— E qual é a pergunta? — a voz de Chelsea tremia.

Um gentil fio de lágrima começou a escorrer pelo rosto de Desiree.

— Além do meu precioso filho, o único parente que me resta é minha mãe. Mas ela não tem muito tempo nesta terra, por isso eu queria saber... Quem cuidará do Marcus quando eu me for?

*

Chelsea fez o caminho mais comprido para chegar em casa. Os percalços e as tribulações de sua família a tinham isolado do mundo ao seu redor. Mas a angustiante imagem de Marcus agarrando a mão de sua mãe no leito de morte conseguiu penetrar aquele véu de isolamento. Os cupcakes e os chocolates quentes que ela dera ao menino pareciam extremamente triviais à luz daquela excruciante necessidade. O desespero nos olhos de Desiree, a esperança de coração puro de Marcus — tudo aquilo fazia Chelsea se sentir inútil. A pergunta de

Desiree estaria para sempre forjada em sua mente. *Quem cuidará do Marcus quando eu me for?*

Chelsea queria abraçar seus filhos, dizer quanto os amava de novo e de novo. Por um instante, ainda que passageiro, Chelsea pensou até em ligar para Sawyer. Sozinha com seus pensamentos, porém, ela seguiu em frente. O carro de Chelsea passava pelas ruas sujas de Lavaca, onde Marcus morava. Ela continuou até chegar ao seu bairro, King William, e seguir ainda mais em frente até as lojas da moda em Alamo Heights. Ela queria continuar aquele momento um pouco mais, até deparar com uma cena um tanto alarmante que acontecia em um pátio lotado do Café Cosmos.

Sawyer. Sentado em frente a uma ruiva estonteante. Ele estava usando a camisa azul apertada na qual sabia que ficava bem. E a mulher, bem, ela era bonita e provavelmente sabia disso.

Chelsea afundou o pé no freio e ficou olhando. Depois, pensou nas opções que tinha. Ela podia telefonar para Sawyer e enfrentá-lo bem ali. Ela podia baixar o vidro da janela e começar a berrar. Talvez tirar uma fotografia, encontrar um meio de usar aquilo em seu favor no processo do divórcio.

Honk! Honk! Os pensamentos de Chelsea foram interrompidos pela fila de carros que vinha atrás. Chelsea continuou pensando até decidir pela opção mais simples e civilizada. Ela pegou o celular da bolsa e no primeiro semáforo em que parou mandou uma mensagem simples para Sawyer. Os papéis do divórcio chegam amanhã.

Quando Chelsea chegou ao café, o celular começou a vibrar anunciando a resposta de Sawyer. Ainda não vou assinar. Estou confiante em fazer dar certo com vc.

Chelsea mordeu o lábio. A imensidão daquilo que Sawyer Chambers não sabia a respeito de compromissos era capaz de preencher muitos livros. Chelsea sabia bem — ela era praticamente uma enciclopédia ambulante.

Capítulo 41

— Com licença, senhora. Sim, você. Você trabalha aqui?

Chelsea não acreditava no que estava vendo. A ruiva que tinha jogado um feitiço sobre Sawyer no Café Cosmos no dia anterior agora estava sentada bem ali, no Café dos Anjos. E ela estava chamando Chelsea de *senhora*.

— É *senhorita*. E eu não só trabalho aqui como sou a dona deste café.

— Ótimo — disse a mulher, empurrando a xícara na direção de Chelsea. — Duas reclamações. Primeiro, eu pedi o café da casa, e está muito fraco. Segundo, a sua internet está ruim.

Chelsea estampou um sorriso falso.

— Primeiro, eu convido você a pedir outra bebida. Segundo, ela não está ruim. Na verdade, é a nossa atração principal — Chelsea virou para sair dali.

— Senhorita? Eu gostaria de pedir um *latte* desnatado de avelã. *Venti*, ou qualquer que seja o maior tamanho que vocês servem aqui. Apenas, por favor, lembre-se do desnatado.

— Um *latte* desnatado de avelã tamanho grande saindo. Bem magro.

— Para viagem!

— Pode me dar seu nome?

— Ruiva.

Só podia.

— Já trago para você, Ruiva — Chelsea disse com um risinho.

— Quer que eu prepare a bebida? — Katrina perguntou.

— Pode deixar essa comigo — Chelsea respondeu, procurando o chantili de leite integral.

Enquanto Chelsea preparava o *latte* da Ruiva, a pressão em sua cabeça começou a aumentar. Sawyer sempre teve uma queda por ruivas. Especialmente pelas que eram altas, curvilíneas e com inclinação para insolências. Chelsea estava fervendo. Ela acrescentou mais uma dose de açúcar ao *latte* e o serviu para aquela raposa com um sorriso malicioso. Afinal, a vingança é doce. Pelo menos, deveria ser.

— Está bom — Ruiva disse depois do primeiro gole.

Mas ficar vendo a Ruiva consumir todas aquelas calorias a mais não trouxe nem de perto a satisfação que Chelsea havia imaginado. Chelsea sentiu sua temperatura subir, o senso de controle quase evaporando. Ela estava prestes a explodir.

Saia de perto, Chelsea. Rápido.

— Será que vocês têm uma tampa para viagem? — Ruiva perguntou.

A ruiva não conseguiu sua tampa, mas ela bem que poderia colocar uma em Chelsea. Em um segundo o controle de Chelsea desapareceu, pouco depois da decisão de que ela preferiria viver com um balde de culpa em vez de uma pilha de arrependimentos. Chelsea deu meia-volta.

— Olha aqui, mocinha. Eu não sei o que você está tentando fazer aqui. Está tentando provar alguma coisa? Eu não me importo. Eu não tenho mais nada a ver com Sawyer Chambers. Ele é todo seu agora. Todas as mentiras, as bebedeiras, as traições. As noites sem fim, os empregos perdidos, as promessas vazias. E isso só nos últimos três anos! Eu tenho mais décadas de reclamações para mostrar. Séculos!

— Está bem claro que houve um engano — Ruiva começou a recolher seus pertences, indignada. — Eu sou uma mulher muito bem casada. Está muito, muito na cara que você não é, mas sugiro que você resolva isso com Sawyer.

— Então o que...

— Pergunte para seu marido.

Ruiva saiu pisando fundo da loja, deixando Chelsea enterrada sob um monte de culpa e uma montanha de arrependimento.

*

Era tarde da noite quando Chelsea recebeu uma ligação de Sara. Desiree Johnson havia morrido naquela manhã. Chelsea encarou a notícia muito pior do que esperava. Em parte porque ainda não havia cumprido a promessa de fazer a pergunta no Blog de Deus. Agora era tarde demais. Tarde demais para Desiree. Mas a pergunta ainda atormentava Chelsea. Quem iria cuidar de Marcus?

Chelsea estava na varanda pensando no garoto quando um carro preto parou bruscamente, cantando pneu. *Sawyer.* Ele saiu do carro com um pulo e voou na direção dela.

— Aquela mulher estava me entrevistando para um emprego, Chelsea! — Sawyer estava lívido.

— E como é que eu ia saber?

— Ela estava prestes a me contratar, mas agora não vai mais! Acabei de receber uma ligação. Eles retiraram a oferta, graças ao ataque que você deu.

— Olha, Sawyer, eu sinto muito. Mas eu vi você ontem com uma qualquer em um jeans apertado. E você estava lá todo à vontade, com seu... seu... — Chelsea procurou se defender. — Com seu charme todo. O que eu deveria pensar? Com seu histórico, um empregador em potencial não é a primeira coisa que me vem à mente! Não é nem a última coisa. E depois ela ainda aparece na minha loja? Portanto, sim, eu fiquei brava. É claro que eu fiquei brava!

Sawyer ficou encarando Chelsea, balançando a cabeça, sem conseguir acreditar.

— Será que você não percebe que isso *não* é sobre você? Desde que você partiu eu tenho dado passos na direção certa todos os dias. Passos bem árduos. Tudo porque eu fiz uma promessa para você dizendo que iria mudar. Uma promessa que tenho mantido porque acho que nós merecemos ter um futuro. Um bom futuro. Mas nós não vamos conseguir seguir em frente se você sempre me fizer refém do passado.

— Mas aconteceu! E foi você quem fez. Já está registrado. Para sempre. Não é culpa minha. Não estou dizendo nem que é culpa sua. Mas aconteceu.

Chelsea terminou de falar mais calma do que começara. Quando terminou, estava mais fria. Gelada.

— Você nunca vai me perdoar, vai? — Sawyer deu um passo para trás, a ficha finalmente caindo.

Chelsea apertou os lábios.

— Acho que não sei fazer isso.

Capítulo 42

Aquele era um acontecimento raro, senão sem precedentes, na Igreja da Comunidade da Fé. Todos os bancos estavam cheios. E um pouco mais. Cadeiras dobráveis de metal contornavam todo o lugar e qualquer pedacinho disponível que pudesse ter sobrado também estava preenchido de pessoas em pé. De onde estavam, no canto ao fundo, Chelsea e as crianças testemunharam a cerimônia de retorno ao lar de Desiree Faith Johnson.

Durante o estrondoso refrão do hino favorito de Desiree, Chelsea não conseguiu tirar os olhos de Marcus. O jovem estava ao lado do tio de Katrina, Frank, que tinha generosamente usado o dinheiro que recolhera para a recompensa do roteador roubado para pagar as despesas do funeral. Em meio às lágrimas, o garoto elevou a voz.

— Eu canto porque sou feliz! Eu canto porque sou livre! O olho do Senhor está no pardal, e eu sei que ele olha por mim!

Ao longo da vida da mãe de Marcus, o Senhor de fato tinha olhado por todos os pardais do bairro de Lavaca. Pelas histórias que colheu daqueles que a amavam, Chelsea conseguiu montar um retrato de uma alma rara e generosa.

Ninguém queria me acolher. Então eu conheci a Desiree...

Eu não comia havia três dias, mas a Desiree...

Meu marido estava na prisão. Nós não tínhamos para onde ir, não havia sobrado uma oração para fazer, mas daí...

Desiree, o ponto de mudança em cada uma das histórias. O abraço amoroso, a palavra de cura, o presente generoso. O humilde apartamento de Desiree servira de ponto de encontro dos rejeitados e dos necessitados.

Chelsea sabia que podia aprender com o exemplo daquela mulher. E, ao que tudo indicava, ela não era a única.

Tony subiu ao púlpito para oferecer a bênção final.

— Bem-aventurados os pobres em espírito, pois deles é o Reino dos céus. Bem-aventurados os que choram...

Tony levantou os olhos das páginas que havia preparado. Seus olhos se encheram de lágrimas ao encontrar os olhos de tantos outros que choravam. Finalmente, a igreja estava cheia, transbordando. Mas Chelsea adivinhou que aquela não era a multidão que ele imaginara ocupando os bancos.

Tony voltou a olhar para o papel e começou novamente.

— Bem-aventurados os que choram...

Mais uma vez ele não conseguiu terminar. Algo estava faltando. Assim como o sorriso reconfortante e sua experiência pastoral. Apesar de ele mal conhecer Desiree Faith Johnson, o pastor Tony estava tomado de emoção. A cabeça de Tony pendeu para frente e o templo ecoou seus soluços.

Sara se aproximou de Tony, colocou um braço por sobre o ombro do marido e retomou de onde ele havia parado.

— Bem-aventurados os que choram, pois serão consolados.

*

Chelsea se assustou com o barulho de alguém batendo à porta da frente do café. Eram dez da noite, tarde demais para receber algum cliente. Chelsea desceu as escadas correndo com o celular na mão caso houvesse alguma emergência. Quando acendeu as luzes Chelsea encontrou Tony debaixo de uma chuva torrencial.

— Tony! O que você está fazendo aí? — Chelsea correu para destrancar a porta.

Tony entrou, desgrenhado e ensopado, mas ainda assim bem mais composto do que quando Chelsea o vira no funeral horas antes.

— Desculpe-me. Eu teria ligado, mas perdi meu telefone em algum momento hoje. Eu nem conseguia pensar quando saí de casa.

— Sara e as crianças estão bem?

— Elas estão bem. Eu estou aqui por mim, na verdade. Eu estava esperando que pudesse dar uma olhada no Blog de Deus. Desta vez, com os próprios olhos.

— Sim, é claro. Fique à vontade. Café?

— Seria ótimo.

Tony sentou-se em uma mesa próxima ao caixa enquanto Chelsea preparava uma xícara de conforto em forma de cafeína para cada um.

— Escute só essa — Tony disse, virando a tela do *laptop*. Chelsea estava em frente ao cunhado com os cafés e alguns cupcakes.

Pergunta: Querido Deus (se é que é você mesmo), eu odeio a igreja. Eu odeio a religião e tudo que ela é. Parece tão óbvio que a religião causa mais problemas do que consegue resolver. Ela manipula e separa as pessoas baseada no medo. A igreja não passa de um lugar para as pessoas posarem de algo que elas não são. Como é que você consegue defender toda essa hipocrisia?

Chelsea riu.

— Essa pergunta é de alguém chamado Spencer, se me lembro bem.

— Você é boa — Tony respondeu.

Resposta: Querido Spencer, eu nem mesmo tento defender a hipocrisia. Mas eu tenho uma pergunta para você. Você acha que fui eu quem começou tudo isso? Você não acha que eu estou farto dessas charadas falsas, desses truques que chamam de religião, dessa disseminação do medo, como você e seus amigos dizem? Você acha que eu desejo isso? Não, muito obrigado.

Apesar disso, Spencer, acho que não tenho visto muita compaixão em você, não é mesmo? Você se orgulha dizendo que é autêntico, mas se comporta como todos do seu círculo de amizades. Você faz da não religião uma religião. Deixe os hipócritas comigo. E, de tempos em tempos, olhe para cima. Foque em mim. Talvez você se surpreenda com o que pode encontrar. Com amor, Deus.

— Nada mau para uma resposta, hein? — Chelsea disse.

— Nada mau — respondeu Tony.

Chelsea deixou Tony sozinho um pouco enquanto aproveitava para limpar o vidro curvo da vitrine dos cupcakes. Depois de mais de uma hora lendo o *blog*, Chelsea reparou que Tony enxugava os olhos chorosos nas mangas de seu casaco encharcado. Ela levou alguns guardanapos até ele.

— Você ainda acredita que eu estou escrevendo essas respostas? — Chelsea perguntou.

— Não, claro que não. Acho que só pode ser Deus. Ou talvez não seja.

Tony fechou o *laptop*. Ele olhou para Chelsea, seus olhos estavam vermelhos e inchados.

— O que mais me machuca são essas perguntas. Todas as esperanças, os medos, as dúvidas. As necessidades de pessoas que estão bem aqui, no meu quintal. E eu aqui, preocupado em recolher dinheiro para um carpete novo — Tony parou para enxugar os olhos mais uma vez. — Algo me diz que a Desiree Johnson não prestava a menor atenção nas cores das paredes ou em salas multimídia.

— Ela se foi antes que eu pudesse fazer sua pergunta ao Blog de Deus.

Quem cuidará do Marcus quando eu me for?, Tony lembrou.

— Fico feliz por você não ter perguntado.

— Por quê?

— Porque eu espero ser a resposta para essa pergunta.

Capítulo 43

— Dennis disse que falou com você.

— Hum... Sim.

Chelsea havia planejado deixar o *latte* de Deb na mesa, trocar algumas amenidades e sair de fininho. Mas estava bem claro que Deb tinha vindo para conversar, de modo que Chelsea se sentou de frente para a amiga de infância e começou devagar:

— Então quer dizer que vocês ainda...

— Não. Eu dei um fim naquilo — Deb disse. — Ele ainda liga e deixa recados. Eu costumava ouvir esses recados, mas prometi para meu marido que não vou mais fazer isso. Na verdade, estou com um número novo. Vou passar para você. Espero que você não se sinta incomodada — Deb acrescentou. — É que depois de passar meses me escondendo, a honestidade agora parece me purificar.

Chelsea concordou.

— E quanto ao seu marido... Como vocês estão lidando com a situação?

— Eu sabia que tinha casado com um bom homem. Mas eu não sabia quão bom ele era de verdade.

Deb alcançou o guardanapo sob a xícara de café e o levou ao canto do olho.

— Obviamente não tem sido fácil para ele. Ele está desamparado. É um processo bastante doloroso. Mas às vezes eu acho que ele consegue me perdoar mais do que eu a mim mesma.

Chelsea aproximou a cadeira de Deb e passou um braço por sobre os ombros da velha amiga.

— Sinto muito.

Deb tentou se recompor.

— É difícil, porque eu sei que não mereço. Mas o jeito com que ele me amou mesmo com tudo isso me faz amá-lo ainda mais.

Os olhos de Deb se perderam mirando através da janela e as duas ficaram em silêncio.

Chelsea sentia por Deb. E sentia muito. Mas, no fundo, ela precisava admitir que a amiga era o Sawyer da situação em que estava. O que fazia os atos de Deb serem perdoáveis? Como o marido dela tinha conseguido vencer o passado? Chelsea começou a imaginar se haveria algo de errado consigo mesma. Ela sabia que tinha tendência a guardar rancor, mas talvez existisse algo mais. Talvez Chelsea tivesse uma predisposição genética para guardar rancor. Olhando para o histórico familiar, fazia sentido. Ramos quebrados e surrados pelo pai estavam por toda a árvore da família. Estava na natureza dela. Chelsea não tinha o gene do perdão.

— Chelsea? — Deb disse depois de algum tempo. — Aquele ali não é seu pai?

Chelsea se pôs em pé, o nariz espremido contra a janela como uma menininha. Com toda certeza, era o pai de Chelsea quem estava vindo até o café usando calças *tweed*, uma camisa azul-clara e chinelos azul-marinho. Quanto mais perto ele chegava, mais fora de si parecia, a voz ecoando pela rua.

— Virginia! — ele gritava. — Virginia!

Ele gritava pela falecida ex-mulher enquanto andava pela grama.

Chelsea bateu na janela por instinto, esperando que o gesto fizesse o pai parar, mas aquilo pareceu ter aumentando os esforços do homem. Então ela resolveu sair para evitar que a cena ficasse pior. Funcionou, mas não do jeito que imaginara.

— Virginia — disse ele, suspirando aliviado.

O pai de Chelsea se apoiou no parapeito da varanda, os ombros caídos, o peito arfando.

— Onde estão as meninas? Eu cheguei em casa e elas tinham sumido. O carro também sumiu.

Chelsea encarou o pai. Ele estava perdido. Não, mais que perdido. Ele estava preso. Preso no tempo.

— Responda, Virginia! As meninas estão bem?

— Mamãe? — Emily chegara mais cedo da escola. Hancock estava a alguns metros atrás da irmã.

— Chelsea! — exclamou aquele senhor. — Eu sinto muito, Chelsea. Eu jamais deveria ter deixado você daquela maneira. O papai a ama. Você sabe disso, não sabe? Eu sempre vou amar você.

Ele então se ajoelhou na frente de Emily e beijou a testa da menina. O afeto dele pela neta, apesar de confuso, era inegável. Até mesmo para Chelsea.

Emily olhou para a mãe com os olhos cheios de perguntas e um pouquinho de medo. Não era surpresa alguma o pai de Chelsea ter confundido a pequenina com a própria filha.

— Venha, Charlie — disse Chelsea, ajudando o pai a se levantar.

— Mamãe, esse é o seu pai? — Hancock perguntou.

Chelsea fez que sim. Hancock sabia muito pouco a respeito de seu avô, mas sabia que não era por acidente que ainda não o tinha conhecido.

— Vamos para dentro — ele sussurrou, pegando Emily pela mão.

— E a Sara? Ela está bem? — perguntou Charlie.

— Ela está muito bem.

— Eu sinto muito, Virginia. Espero que você possa me perdoar — ele disse, se aproximando da filha. O primeiro instinto de Chelsea foi se afastar. Entrar na loja e bater a porta na cara do homem que havia batido a porta na cara dela anos atrás. Mas alguma coisa a impediu. Foi dó.

Um vento forte soprou por entre as árvores e fez ressoar o sino de vento que Katrina tinha pendurado na varanda. Chelsea e o pai olharam para cima e ficaram vendo os galhos balançando contra o céu cinzento.

Chelsea voltou os olhos para o senhor que tremia, ali exposto para todos os transeuntes que haviam sido perturbados pela confusão mental de seus atos.

— Vamos, Charlie — Chelsea disse mais uma vez colocando um braço no ombro do pai. — Vamos para dentro.

Capítulo 44

— Vejam só minhas meninas! Tão lindas.

Charlie olhava para uma fotografia de Chelsea e Sara com vestidos em tons pastéis e cheios de babados.

— Foi num domingo de Páscoa, três anos atrás.

Chelsea estava sentada com o pai em um sofá da saleta com um álbum de fotografias aberto. Chelsea olhou para a fotografia, admirada. A memória do pai continuava aguçada como sempre. Porém, parecia ter ficado presa na década de 1980.

— Esse foi um ótimo dia. Um dos melhores — Charlie disse, mergulhando na memória.

A tentativa de Chelsea de devolver a clareza ao pai só parecia turvar ainda mais aquelas águas, de modo que ela decidira transformar o passado em presente até a chegada de Sara. Aquele quarto antigo que pertencera à mãe delas era como uma cápsula do tempo repleta de lembranças que pareciam acalmar a mente confusa do pai.

Charlie estendeu a mão e apanhou a mão de Chelsea, ainda confundindo a filha com a ex-mulher.

— Você se lembra, Virginia?

É claro que ela lembrava. Chelsea se lembrava de tudo. Ela se lembrava de encontrar a mãe curvada na cozinha chorando, sofrendo com a descoberta da infidelidade de Charlie. Lembrava-se do abandono do pai, que quase culminara em um acidente fatal e que deixara cicatrizes nela e na irmã, ainda que de formas diferentes. Lembrava-se dos anos de silêncio que só foram interrompidos por um convite de casamento. Ela se lembrava da raiva que sucedeu o convite. Lembrava-se da vergonha que sentira ao percorrer o corredor da igreja sozinha. E lembrava-se também do homem que a esperava no altar: Sawyer Chambers, com seus erros, tão parecido com seu pai.

Não era de se admirar que a memória de Chelsea tivesse se transformado em sua maior arma, uma espada que ela empunhava machucando os outros para proteger a si mesma. Durante décadas ela travara aquela guerra, mas, a que custo? Chelsea se via sozinha no campo de batalha, machucada e sangrando. Não havia vencedores naquela guerra e Chelsea se considerava entre os perdedores.

Será que estava na hora de aposentar a espada?

— Sim, Charlie, eu me lembro — Chelsea disse, assumindo o papel da mãe. — Você tinha comprado o forninho para Chelsea naquele dia — ela disse enquanto apontava para uma fotografia de si mesma cuidando de uma cozinha de brinquedo aos oito anos.

O sorriso de Charlie pareceu se abrir por mais de um quilômetro.

— Ela ainda brinca com isso? Porque ela amava o forninho. E, sabe de uma coisa? Ela fazia coisas deliciosas. Comidas que pareciam *gourmet*!

Era a vez de Chelsea sorrir. Os cupcakes de chocolate que ela fazia com o brinquedo eram qualquer coisa, menos *gourmet*, mas o comentário do pai acrescentou alguma doçura à lembrança.

Perceber o passado trazendo cura em vez de dor era um fenômeno um tanto estranho. Por páginas e mais páginas do álbum de fotografias antigas da mãe, Chelsea pintava um quadro romanceado de natais, aniversários e primeiros dias na escola. Pela primeira vez, ela usava a memória não para ferir, mas para curar. Os dois viajavam no tempo até chegarem a um retrato eterno de uma noiva: Chelsea usando o vestido de casamento da mãe. Chelsea silenciou sem saber o que dizer.

— Você foi a noiva mais linda do mundo — Charlie disse, apertando a mão de Chelsea.

Chelsea devolveu o aperto e soltou a mão para limpar as lágrimas que brotavam nos olhos.

— Muito obrigada — ela disse. — Isso significa muito. Mais do que você imagina.

Ele concordou, os olhos fixos na janela do quarto, onde o sol já começava a se por.

— Bem, acho melhor eu ir agora — Charlie disse, ficando em pé. — Eu tenho muita coisa pra fazer.

Charlie pôs a mão sobre os bolsos.

— Você viu minhas chaves?

— Pai?

Sara estava parada à porta, o rosto em algum lugar entre a surpresa e a preocupação.

Charlie tirou os olhos de Sara e virou para Chelsea.

— Você conhece essa mulher?

Chelsea olhou para Sara e deu de ombros, confusa.

— Onde estão minhas chaves? — Charlie disse, quase sem paciência. — Eu perdi minhas chaves!

— Nós vamos encontrar — Chelsea disse enquanto passava as mãos pelo sofá até encostar em algo metálico. Então Chelsea tirou o objeto de seu esconderijo. — Está vendo? Você não perdeu nada.

Enquanto entregava o molho de chaves ao pai, os olhos de Chelsea repousaram em uma relíquia que pendia junto às chaves. Duas tampinhas de garrafa pintadas de azul e de vermelho. Coladas do lado de dentro das tampinhas estavam pedaços de fotografias, uma de Sara, a outra de Chelsea. Era um presente que tinha feito para o dia dos pais quando ainda tinha sete anos.

— Obrigado — disse Charlie apertando as duas tampinhas contra a mão enrugada. O conhecido barulho metálico reencontrou seu lugar no bolso do pai. Charlie se acalmou e sentou-se no sofá. Seu rosto parecia aliviado.

— Ele é assim na maior parte do tempo? — Chelsea perguntou, os olhos fixos no olhar perdido do pai.

— Ultimamente não dá para saber.

Chelsea tinha atravessado uma porta de volta para o passado, ainda que um passado alternativo, que fora destrancada por um homem não mais aprisionado por lembranças amargas. Durante anos Chelsea se sentira como a filha esquecida. Indesejada. Não amada. Não obstante, lá estava seu pai, segurando uma imagem sua na palma da mão. Não deixava de ser uma sensação agridoce. Charles Hancock não possuía mais as chaves para uma reconciliação consciente. Aquela porta estaria para sempre trancada.

— Mas ainda há formas de se comunicar com ele — Sara disse, sempre tentando ver o lado positivo. — Fotografias funcionam. Ele também gosta de música.

Chelsea olhou para a vitrola descansando no canto. O pai de Chelsea tinha ensinado a filha a dançar ao som de um disco do Sinatra. Talvez fosse a vez de Chelsea ensinar o pai.

*

O carro preto de Sawyer parou abruptamente na entrada do Café dos Anjos. O plano era simples: deixar ali os papéis do divórcio assinados e sair. Nada de cumprimentos, nada de visitar as crianças, nada de discutir sobre o passado. Haveria muito tempo para isso no futuro.

— Já está de saída?

Sawyer virou e deu de cara com o vizinho de Chelsea.

— Olá!

— O nome é Bo — disse o homem, passando das sombras para a luz debaixo do poste. — Nós consertamos as janelas quebradas do café.

— Isso mesmo, Bo. É bom ver você — Sawyer respondeu e o cumprimentou. Os olhos de Sawyer pareciam irrequietos. O plano era entregar a papelada sem ser visto.

— Como está a busca por um emprego? Alguma novidade?

— Está difícil. Eu participei de uma entrevista para uma vaga de treinador em uma faculdade hoje, portanto, vamos ver. Estou voltando para Austin agora. Só vim deixar uma coisa aqui.

— Você tem uma família bastante especial aqui — Bo apontou para o café. — Você sabe disso, não?

Sawyer arriscou um olhar para a casa em cima da loja. Através da janela do quarto de Hancock e de Emily ele viu uma constelação de estrelas projetadas no teto pelo abajur que ele dera às crianças.

— Eu sei disso. Não costumava saber, mas agora sei.

— Bem, faça uma boa viagem de volta a Austin — Bo disse enquanto saía. — Espero ver você em breve.

Sawyer demorou mais alguns minutos na esperança de ver os filhos um pouquinho que fosse. Mas já era tarde e era mais provável que Emily e Hancock estivessem dormindo. Enquanto Sawyer dava a volta em seu carro, uma luz estranha chamou sua atenção. Sawyer virou na direção da saleta recém-reformada. Em seus treze anos de casamento com Chelsea, Sawyer jamais testemunhara uma cena daquelas. Chelsea estava dançando. Com quem, ele não sabia dizer. Sawyer chegou mais à frente para enxergar melhor, ainda escondido pelas sombras de uma árvore próxima.

O que ele descobriu pareceu atingi-lo como uma pancada, com força e sem avisar. Chelsea estava dançando com seu pai, o homem a quem ela prometera jamais perdoar.

Capítulo 45

Sentada na poltrona da mãe, Chelsea assistia à tempestade se formando. Depois de uma semana atribulada, ela aproveitava ao máximo a tarde silenciosa no café.

— Oi, chefe — disse Manny ao entrar na saleta com um buquê de flores brancas nas mãos.

— Para quem são essas flores? — Chelsea perguntou.

— Nós estamos na Semana Santa. E hoje é Sexta-feira Santa. Achei que seria bom enfeitar um pouco.

— Elas são lindas.

— São lírios de páscoa. Lá do jardim da minha vizinha.

— Agradeça a sua vizinha por mim.

Manny colocou as flores na mesinha de centro e entregou a correspondência do dia para Chelsea. Entre os folhetos coloridos e as contas em preto e branco havia um envelope pardo bastante familiar.

— Obrigada, Manny.

Chelsea começou a abrir o envelope mas percebeu que Manny ainda estava ao seu lado.

— Você está bem?

— Sim — Manny disse. Os olhos dele transpareciam sinceridade. — Só espero estar fazendo um bom trabalho.

— Você está brincando? É por sua causa que eu sinto que posso me virar sozinha.

Porém, quando Manny baixou a cabeça, Chelsea ficou se perguntando se tinha dito algo errado.

— Você está bem mesmo?

— Sim, senhora.

Chelsea resolveu aliviar o ambiente.

— Gostei muito da sua camiseta, Manny.

— Foi a Katrina quem me deu. É uma camiseta de *Guerra nas estrelas*.

— Estou vendo.

Manny esboçou um sorriso antes de deixar Chelsea sozinha com o temível envelope pardo.

Como Chelsea adivinhara, aqueles eram os documentos que acabariam com seu casamento. Era o fim. Chelsea estava livre. Sua vida era uma estrada aberta. Porém, se continuasse naquele caminho ela só teria a companhia das amargas lembranças que a perseguiriam até não mais lembrar. Era o mesmo caminho que o pai percorrera.

No alto de seus oitenta anos, ele finalmente se libertara. Mas que salvação torta! A liberdade de Charlie não provinha de uma escolha consciente, mas dos salvadores cruéis da demência e do mal de Alzheimer.

Chelsea sabia que era tarde demais para voltar atrás. Ela estava com a prova material daquela decisão nas mãos. Agora, Chelsea precisaria aprender a caminhar sozinha o caminho que pavimentara para si mesma. Mas como?

Como vou me virar sozinha?

Capítulo 46

Manny estava sozinho na sala de cinema com os olhos grudados na imensa tela e a mão enterrada em um saco de pipoca gigante. Ele aprendera a apreciar aquela rotina pós-trabalho e oração seguida de filmes. Há semanas, Manny aguardava ansioso por aquela exibição especial de *O império contra-ataca*. Hancock havia dito que aquele era o melhor filme da série *Guerra nas estrelas*. Mas já passava da metade do filme e Manny ainda não tinha se decidido quanto ao assunto. Sua única certeza vinha do conforto que ele encontrava em ver a vida dos outros passando diante dos olhos. Aquilo o lembrava de casa e Manny sentia mais do que nunca a falta da enorme tela do céu.

Ainda não havia notícia de Gabriel e Manny tinha a horrível sensação de que sua missão terminara em fracasso. Ele tinha visto Chelsea mexendo nos documentos que Sawyer assinara e não era preciso ter a visão de um anjo para saber o significado daquilo. Ele tinha perdido. Mas Manny não era o único.

Com um gesto firme do sabre de luz, Darth Vader cortou a mão de Luke. Manny gritou e apertou a mão, agora dolorida graças a uma imaginação bastante fértil.

A respiração mecânica agourenta de Darth Vader sempre fazia a espinha de Manny se arrepiar. *Você devia conhecer o poder do Lado Sombrio*, disse o lorde da escuridão para Luke Skywalker, o punho em riste enquanto ele ameaçava o jovem e vulnerável Jedi. Então, veio o coice: *Eu sou seu pai*.

O quê? Nããããããão! Manny continuava sentado, mas os braços e a pipoca saíram voando. *Nããããããão!* Ele continuava, agora em uníssono com Luke.

Quando Luke caiu pelo precipício rumo à morte certa, Manny se preparou para sair do cinema. Mas então aconteceu uma reviravolta que o deixou pregado à cadeira.

Um brilho irrompeu, maior e mais iluminado do que Manny jamais vira com seus olhos humanos. Diante dele, como uma bola de fogo incandescente em forma quase humana estava o arcanjo Miguel. Ele era alto, mas não tão alto quanto Manny imaginara. Eles estavam muito próximos um do outro, mas Manny ainda estava grudado à poltrona. Sem saber se deveria ficar de joelhos ou em pé, Manny permaneceu imóvel abraçado ao enorme saco de pipoca.

— Oi, Manny — disse Miguel.

— Você sabe meu nome? — Manny ofereceu o saco de pipoca para Miguel. Se havia alguém que merecia ser tratado com respeito, era aquele arcanjo.

— Claro que sei seu nome — Miguel disse recusando a pipoca com um sorriso.— Nós estamos trabalhando na mesma missão, lembra?

Os ombros de Manny desabaram, junto com a pipoca.

— Faz algum tempo que não recebo notícias. Nossa missão falhou?

— Só existem falhas quando desistimos — Miguel disse. — E o céu não desiste nunca.

Manny concordou e agradeceu pela lembrança.

— Onde está Gabriel?

— Ele está no meio da luta. Mas ele precisa da sua ajuda. Todos nós precisamos.

— De mim? — perguntou Manny, reparando no brilho incandescente que fluía nos olhos de Miguel.

— As forças da escuridão estão a todo vapor, Manny. Vá para o café o mais rápido que puder. Chelsea está precisando de você.

Manny engoliu em seco (sem contar os grãos de milho que tinham grudado nos dentes).

— E quando eu chegar lá?

— Você vai saber o que fazer.

Manny largou o saco de pipoca e saiu correndo pelo corredor com a trilha sonora soando mais alta enquanto ele partia para a batalha. Quando Manny chegou até a saída, seu ânimo estava a toda. Ele parou por um instante para se despedir de Miguel.

— Que a Força esteja com você — ele disse, abaixando a cabeça.

— Com você também, Manny. Com você também.

Capítulo 47

Chelsea desligou o abajur das crianças e saiu em silêncio do quarto. Ela havia permanecido ali com os filhos até ter certeza de que eles dormiam em paz, aproveitando aquela noite tranquila antes de virar de ponta-cabeça a vida que os filhos conheciam. Hancock sabia que havia mudanças a caminho. Mas Emily? Será que ela dormiria com a mesma tranquilidade?

Chelsea começou a ter pesadelos logo depois de tomar conhecimento do divórcio de seus pais. Sombras agourentas a rondavam nos sonhos até a idade adulta. Ainda criança, Chelsea quase podia sentir essas sombras esperando-a dormir. A ideia de ver a própria filha assolada pelo mesmo terror a deixava ansiosa. Mas logo aquele pensamento deu lugar a outro que a preocupou ainda mais. Será que seus filhos a culpariam como ela havia culpado o próprio pai? E por que não? No frigir dos ovos, a decisão de separar a família vinha de Chelsea. Aquelas perguntas giravam em sua cabeça até que foram vencidas por outra pergunta que também a preocupara o dia inteiro.

Como vou me virar sozinha?

Chelsea estava finalmente prestes a descobrir.

O roteador acendeu com um estalo que fez Chelsea dar um pulo para trás. Na loja escura como breu, o orbe iluminado parecia ainda mais espetacular. As luzes azuis se revolvendo como raios pareciam acompanhar o som dos trovões que ecoavam noite afora.

O movimento das árvores se curvando e dos galhos quebrando para além da janela da saleta se refletia na tela do *laptop*. Chelsea ficou olhando o cursor do *mouse* piscando ao fim daquelas palavras. Com um rompante de coragem, Chelsea apertou a tecla. Os olhos grudados na tela viram a pergunta surgir instantaneamente no Blog de Deus. Se o passado servia de referência, ela podia esperar pela resposta do Todo-Poderoso Respondedor dos Céus a qualquer momento.

Brrr-booom! Um trovão reverberou por toda a saleta. As luzes piscaram e se apagaram, deixando Chelsea na companhia apenas das luzes emanadas do *laptop*.

— Só pode ser brincadeira! — Chelsea exclamou olhando para a tela.

A conexão com o Blog de Deus fora interrompida. Chelsea fechou o *laptop*, levantou-se e começou a ir em direção à porta. Ela estava quase saindo da saleta quando sentiu o primeiro cheiro de fumaça.

*

Manny estava sem fôlego. Ele já tinha corrido por dez quarteirões e ainda havia vários pela frente. Como sentia falta de suas asas! Por um breve momento ele pensou em parar para descansar, mas se lembrou das palavras do arcanjo. *O céu não desiste nunca.*

Manny dobrou a esquina e entrou na rua King William, o coração em oração silenciosa por Chelsea, Hancock e Emily. Quando ele avistou o Café dos Anjos compreendeu a urgência de seu chamado. A casa de Chelsea estava engolida em meio ao fogo. Uma coluna de fumaça saía da porta da frente estilhaçada.

— Chelsea! — Manny gritou enquanto corria na direção da loja. Assim que Manny pisou na varanda, Hancock pulou por sobre o vidro quebrado e atingiu Manny em cheio.

— Hancock! Você está bem? Cadê Emily e sua mãe?

Mas Hancock não conseguia falar por conta dos fortes espasmos pulmonares causados pela fumaça. Segundos depois a resposta chegou quando a figura de Sawyer surgiu segurando Emily nos braços.

— Chelsea... — disse Sawyer, procurando ar, lutando para responder. — Ela não está lá em cima...

Manny não precisava de outras informações. Segundos depois, ele avançava pela escuridão esfumaçada em busca da única pessoa que ele jurara proteger.

— Chelsea! — Manny chamava, mas o único barulho que ele ouvia era do fogo incandescente devorando a construção secular. Ele foi em direção à cozinha, os braços estendidos diante de si. Sem os olhos de anjo, ele mal conseguia enxergar. Mas Manny seguiu em frente. Como Luke Skywalker corajosamente correndo pela Estrela da Morte sem nada, além da Força, Manny se lançava à frente confiando em algo maior que ele mesmo.

Ao se aproximar do balcão da loja, uma explosão derrubou a parede da despensa. Manny se abaixou para evitar ser atingido pelos escombros em chama. Pelo que podia perceber, a origem do incêndio estava no mesmo lugar em que Chelsea guardava o precioso roteador. Manny sabia que não era coincidência. Ele ficou imaginando contra o que estariam lutando seus anjos compatriotas naquele mesmo espaço.

— Chelsea! — chamou Manny por entre a porta vaivém da cozinha. Nenhuma resposta. E nenhuma pista de Chelsea. O tempo estava acabando e Manny não podia perder os sentidos. Por isso, ele fechou os olhos para tudo que acontecia ao redor e se pôs a escutar. Apesar de seus sentidos angelicais terem se enfraquecido pelos clamores do mundo tangível, Manny orou pedindo para ouvir ou ver um pouco além.

Deus, proteja minhas filhas...

Dê olhos a Chelsea para que ela possa ver o quanto você a ama...

O coro de orações que ainda ressoavam décadas depois tinha a mesma potência de quando foi oferecido ao céu. Naquele momento, as orações soavam com maior intensidade aos ouvidos de Manny que a destruição que o cercava.

Traga cura para minha família...

Senhor, cuide de Chelsea...

Manny correu até a saleta e encontrou Chelsea estirada no chão.

— Chelsea! — ele chamou, mas ela já estava inconsciente.

Quando se ajoelhou para pegá-la no colo, Manny ouviu o teto cedendo sobre eles. Então Manny se fortaleceu das orações que ecoavam ao seu redor. Com Chelsea nos braços, saiu correndo da saleta enquanto desviava dos pedaços do teto que desmoronava.

Manny saiu correndo pela porta da loja e deu de cara com uma multidão de bombeiros e paramédicos. Mesmo assim, ele se recusou a largar Chelsea. Manny só parou de correr quando viu que Chelsea estava a salvo. Só então ele se deixou desabar também. Quando os paramédicos se aproximaram de Manny, ficaram espantados ao ver que ele tinha saído vivo dali e ainda por cima acompanhado de Chelsea. Mal sabiam eles, contudo, que aquele não era o primeiro resgate efetuado por Manny.

Capítulo 48

Os olhos de Chelsea doíam ao abrir. Com a vista embaçada ela viu Sara ao seu lado com a cabeça curvada em oração e um álbum de fotografias chamuscado no colo. Quando abriu a boca para falar, Chelsea sentiu como se as cinzas de uma lareira estivessem depositadas na garganta.

— Sara — Chelsea falou com voz fraca.

— Chelsea! — Sara se levantou e foi até a cama onde estava a irmã, apanhando sua mão com cuidado para que ela não mexesse na intravenosa. — Como você está se sentindo?

— Terrível, mas viva — Chelsea respondeu com um sorriso que durou apenas um segundo. — Hancock e Emily?

— Eles estão bem. Em perfeito estado — Sara colocou um pouco de água gelada em um copo. — Sawyer está com eles agora. Mas as crianças têm ficado conosco.

Chelsea deu um gole no copo d'água e lágrimas de alívio inundaram seus olhos.

— O Manny me salvou ontem à noite.

Sara concordou, os olhos transbordando de emoção.

— Salvou. Mas foi há duas noites. Hoje é domingo de Páscoa.

— Foi o Manny quem tirou as crianças?

— Na verdade, foi o Sawyer.

— Sawyer?

Sara fez que sim.

— Não sei por que ele estava lá, mas graças a Deus ele estava. Foi ele quem telefonou para os bombeiros e que tirou Hancock e Emily do segundo andar. Mas ele não conseguiu encontrar você antes de a fumaça acabar com as forças dele. Manny apareceu bem a tempo. Ele encontrou você desmaiada na saleta da mamãe, bem ao lado de onde o incêndio começou.

— E qual foi a causa?

— Uma tempestade. Um raio caiu e fez a fiação entrar em curto-circuito. Então o fogo começou e... — Sara balançava a cabeça, sua voz estava trêmula. — Disseram que foi um milagre todos terem escapado.

— Então a loja...

— Já era.

Chelsea engoliu em seco. Ela sabia que ia demorar um tempo até se acostumar àquela realidade. Mesmo assim, ela se sentia grata. Comparada à vida das crianças e à sua própria, aquela era uma perda pequena.

— Tem mais uma coisa, Chelsea — Sara disse, pegando o álbum de fotografias apoiado na cadeira. — Você estava segurando isso quando Manny encontrou você. As enfermeiras me entregaram com mais algumas outras coisas, então estive dando uma olhada. Eu estava tentando me lembrar de, bem, como Deus tem sido bom por todos esses anos.

Chelsea concordou com um gesto, ainda que não concordasse por completo.

— Bem, eu encontrei isto aqui no meio do álbum.

Sara pegou um recorte de jornal amarelado pelo tempo da *Tribuna*. Chelsea olhou o artigo que dava detalhes sobre o acidente que ambas sofreram na infância.

— Olhe aqui — Sara disse desamassando as bordas do recorte para mostrar melhor a fotografia que ilustrava a reportagem, um registro feito por alguém que passava pelo local.

— Está vendo isso?

Chelsea estudou a fotografia embaçada. Surgindo dos destroços em chamas estava um homem segurando Chelsea, com seus 11 anos, nos braços. O herói misterioso parecia ser latino, por volta de trinta anos e assombrosamente familiar.

— Pode dizer que estou louca, mas quem essa pessoa lembra?

— É o... É o Manny — disse Chelsea, descrente.

— Exatamente! — Sara exclamou. — Mas, como?

*

Chelsea acordou dessa vez com a imagem de uma gentil freira que apoiava um pano úmido em sua testa.

— Você está bem, querida? Você estava falando enquanto dormia.

— Hoje ainda é Páscoa? — sussurrou Chelsea.

— Sim, ainda — disse a freira, oferecendo a Chelsea um canudo de uma caneca. — Eu sou a irmã Margaret. Vou cuidar de você hoje.

O sorriso da irmã Margaret era profundo e sincero, como se talhado em seu rosto por anos de amor cuidadoso.

Chelsea deu um gole no canudo e o líquido frio serviu como bálsamo para a garganta ressecada.

— Obrigada.

— Posso fazer mais alguma coisa por você?

— Esse hospital tem alguma capela? — Chelsea perguntou.

Depois de ajudar Chelsea a vestir uma camisola branca limpa, irmã Margaret a levou de cadeira de rodas até a capela do hospital. Chelsea continuou até o meio do corredor, que contava com três bancos de carvalho e culminava em um altar enfeitado com uma cruz de madeira polida.

— Quer que eu a deixe sozinha por um instante? — perguntou irmã Margaret.

Com o sim de Chelsea, irmã Margaret travou a cadeira de rodas e saiu pela porta, deixando Chelsea sozinha no silencioso santuário.

Chelsea ficou olhando para a cruz, sua cabeça girando com todas as coisas que ela queria gritar, perguntar, dizer. Porém, em meio àquela confusão, cinco simples palavras vieram à tona.

Como vou me virar sozinha?, Chelsea perguntou para os céus com um fio de lágrima descendo pelo rosto. Porém mais uma vez a pergunta parecia inútil, destinada a permanecer para sempre sem resposta, como se Chelsea tivesse feito a pergunta e colocado em uma garrafa jogada a um mar de infinitas estrelas.

Foi então que um brilho chamou a atenção de Chelsea. Ela enxugou as lágrimas e se virou na direção de um rosto bastante conhecido que estava ao seu lado.

— Manny?

— Oi, Chelsea — ele respondeu.

Chelsea piscava para acostumar os olhos à abundância de luz. Tinha certeza de que aquele rosto sorridente era o de Manny, mas algo estava diferente. Ele brilhava, como se fosse iluminado de dentro para fora. Chelsea não disse em voz alta o pensamento que passou por sua cabeça. Em vez disso, escolheu as palavras com cuidado.

— Você... não é daqui, é?

Manny riu.

— Você acertou.

— Então você é... — ela ainda não conseguia dizer.

— Um anjo — Manny disse de uma vez. — Seu anjo protetor.

— Será que eu estou viva? — Chelsea deu uma olhada ao redor do santuário vazio e esfregou a testa. A imaginação dela parecia ter entrado em crise. O Manny para o qual ela estava olhando era qualquer coisa, menos humano. Mas aquilo era impossível. Uma impossibilidade que oferecia respostas às perguntas que Chelsea vinha fazendo havia meses. A mente de Chelsea, que mais parecia uma gaiola de aço, agora estava escancarada.

— Então o Blog de Deus... Era você?

— Ah, não. Fui eu quem deu a ideia. Mas as respostas? Todas dele — Manny apontou para o céu.

— E as pessoas que instalaram o roteador, elas também eram...

Manny concordou.

— Assim como eu. Mas com um disfarce mais bonito.

— E... O acidente de carro?

Manny concordou de novo.

— Ele me enviou daquela vez, também.

Chelsea alisava a testa, lutando para juntar todas as peças.

— A pergunta que você estava fazendo — Manny disse.

— Como eu vou me virar sozinha? — Chelsea respondeu.

— Chelsea, você jamais vai precisar se virar sozinha — Manny pegou Chelsea pela mão. — Eu vou mostrar para você.

Capítulo 49

Chelsea ainda estava sentada na capela. Ela sabia disso porque ainda conseguia sentir o carpete áspero do hospital sob os pés e o frio do metal da cadeira de rodas atrás dos joelhos. Mas, ao olhar ao redor, ela se viu na enorme casa em Seattle, onde vivera com sua família por três anos excruciantes. As janelas que iam do chão ao teto da sala de estar alva e arejada exibiam um raro dia de sol, ainda que, mesmo em seus melhores dias, o céu de Seattle parecesse escuro para alguém do Texas como Chelsea.

— Mamãe, a Emily está tentando colocar bonecas nos meus aeromodelos!

Assim que ouviu a voz de Hancock, Chelsea se lembrou daquele dia. O telefone iria tocar a qualquer instante. O fio frágil que mantinha sua vida nos eixos logo se romperia.

— Manny, eu não quero ver isso — Chelsea sussurrou.

Mas era tarde demais. As coisas estavam acontecendo. Um arrepio gélido correu pela espinha de Chelsea quando ela se viu entrando na sala para atender ao telefone. Era como assistir a uma peça em que ela era a protagonista. Infelizmente, aquela era uma tragédia.

A sala parecia escurecer a cada segundo que passava. Enquanto Chelsea reparava na escuridão, ela começou a ver sombras disformes circundando o aposento, tentando alcançar seu alvo desatento. O mesmo pesadelo que perseguira Chelsea por anos começava a se desvelar bem diante de seus olhos. Ela agradeceu por Manny ainda estar segurando sua mão.

— Espere um pouquinho só — Manny disse para Chelsea quando ela apertou a mão dele. — Quero que você fique vendo as janelas.

Os olhos de Chelsea miraram as janelas, onde o sol deu lugar a um raio de luz que aumentava de intensidade e se multiplicava a cada segundo. Mas não eram luzes quaisquer. No centro de cada um dos raios estavam figuras radiantes que Chelsea jamais vira igual. Quando os raios penetraram a sala, a luz emanada por eles começou a dispersar as sombras, forçando-as a buscar abrigo. Apenas as sombras mais escuras e temíveis permaneciam em volta da antiga Chelsea.

Quando a Chelsea daquele episódio caiu no chão ao receber a notícia da infidelidade do marido, um trovão de luz vindo do alto tomou conta dela, desfazendo a escuridão restante. O brilho radiante daquele trovão a cobriu por inteira.

Mesmo no papel de mera espectadora, a Chelsea atual podia sentir a onda de calor emanando em seu corpo, envolvendo-a em um abraço curador.

— Isso é você? — Chelsea sussurrou para Manny.

— Não, Chelsea. É ele, Deus.

— Ele estava lá?

— Ele sempre esteve. Está vendo?

Chelsea seguiu o olhar de Manny. Agora ela estava vendo o teto inclinado da antiga igreja de Alamo Heights. Ela se viu na caminhada longa e solitária no corredor da igreja. Também conhecia aquela cena de cor. Chelsea vivera e revivera aquele momento um milhão de vezes. Mas, daquela vez, era diferente. Chelsea pensava ter caminhado sozinha pelo corredor. Mas não caminhou. A mesma luz a abraçava como um véu, protegendo cada passo seu. Deus estava com ela.

Pela primeira vez, Chelsea experimentava a lembrança do dia de seu casamento sem a sombra de uma pesada nuvem de vergonha. Ela viu sua mãe, que oferecia seu incentivo na primeira fileira. Sara sorria do altar, apesar do vestido azul de tafetá das madrinhas. Então os olhos de Chelsea aterrissaram em Sawyer, que esperava no altar metido em um terno engomado. Ela se lembrou do sorriso nervoso dele, mas, dessa vez, os olhos marejados revelavam um amor mais profundo do que ela conseguia se lembrar.

Com Manny servindo de guia, Chelsea passeou por lembranças e mais lembranças. Cada momento de solidão, de abandono e de coração partido em sua vida foi revisitado. E redimido. Da descoberta da gravidez não programada ao acidente que quase custara sua vida, todas as lembranças de Chelsea se iluminavam com a presença do céu. Uma barreira havia sido quebrada. Debaixo da superfície rígida e dolorosa de suas memórias estavam camadas e mais camadas de verdades restauradoras. Deus jamais havia saído do lado de Chelsea, nem por um instante sequer.

— Mas, por quê? — Chelsea perguntou quando a última lembrança desapareceu diante de seus olhos. — Por que eu?

— Porque ele ama você. Neste exato momento. O tempo todo. Ele amava você antes mesmo de você fazer suas primeiras orações naquela manhã de Páscoa com sua mãe. Antes mesmo de você nascer.

Manny fez uma pausa enquanto uma onda de emoção passava por ele.

— Você gostaria de ver mais? — Manny perguntou, estendendo a mão para Chelsea mais uma vez.

Chelsea apertou com firmeza a mão de Manny. Quando se deram as mãos, os arredores de Chelsea sofreram a transformação mais dramática até então. À esquerda, Chelsea podia ver uma passagem com arco que levava a alguma cidade antiga. À direita, a cerca de um quilômetro de distância, havia um monte.

— Onde nós estamos? — Chelsea perguntou. — Ou, devo dizer, quando?

— Nós estamos em uma passagem que leva Jerusalém ao Gólgota. Dois mil anos atrás.

Quando se aproximaram do lugar, Chelsea reparou em três postes no alto do morro. Como se fosse um cenário de uma peça da Paixão, os postes se erguiam por sobre a multidão, mas a cena em questão era brutalmente real.

O céu sem nuvens passava pelas cores de um ferimento até cair em total escuridão. Chelsea só conseguia enxergar o suficiente para notar a silhueta do Cristo na cruz, os braços em forma de V. O queixo dele se apoiava no peito e as mãos se apoiavam nos pregos. Ele suspirava, cada expiração mais afastada da outra, conforme as forças da escuridão contornavam seu peito, apertando aquele corpo como uma sucuri.

Chelsea vasculhou a cena em busca de alguma luz, mas tudo que ela via era escuridão. De repente, em meio à negritude completa, irrompeu um lamento que silenciou a multidão clamorosa.

— Meu Deus! Meu Deus! Por que me abandonaste?

Chelsea não conhecia a língua que ele falava, mas Manny lhe emprestara seus olhos e ouvidos para que ela compreendesse o que aquelas palavras significavam.

Chelsea ficou horrorizada ao ver a cabeça de Cristo pender por mais algum tempo. Então, com um movimento contra os pregos, ele soltou um grito pausado entre cada palavra.

— Está consumado!

Lágrimas amargas tomaram conta de Chelsea. Ela não conseguia aguentar nem mais um instante daquela luta cruel.

— Por que você me trouxe aqui, Manny?

— Esse é o momento de maior solidão em toda a história. O último momento de abandono verdadeiro. A partir desse ponto, o abandono passou a ser não mais que um mito. E quanto à solidão? Uma escolha.

Enquanto Manny falava, a escuridão que os cercava começou a desaparecer. As nuvens escuras e carregadas do céu sumiram, revelando um brilhante sol matutino que espantou as sombras. O chão rochoso surgiu e floresceu sob os pés deles. Chelsea agora estava em um jardim iluminado. Trepadeiras se multiplicavam na parede de pedra. Flores se erguiam para aproveitar o sol da manhã. O céu estava de um azul resplandecente. No outro extremo do jardim, uma enorme pedra selava a entrada de uma tumba.

— Não existe separação. Não há abismo entre você e os céus. Não há nada que divida; nenhum véu entre você e o amor de Deus.

Foi quando Chelsea o avistou. Jesus. Totalmente vivo. A túnica dele era feita de raios de sol, cada fio mais radiante que o outro. O rosto dele brilhava como uma lua cheia, reflexo perfeito do Pai que está no céu. A simples visão de Jesus fazia as pessoas se ajoelharem.

Para Chelsea, tal reação aconteceu quando ela encontrou os olhos dele, incandescentes como estrelas. A mesma luz que sempre estivera presente nas horas mais sombrias, agora brilhava à sua frente.

— Você queria saber como se virar sozinha? — Manny perguntou enquanto os sons e as imagens do jardim de Jerusalém davam lugar à capela do hospital esterilizado.

— Pois você jamais saberá, porque jamais estará sozinha.

Capítulo 50

Chelsea lembrou as palavras de uma conhecida passagem das Escrituras, a passagem favorita de sua avó Sophia. "Sopraram os ventos e deram contra aquela casa, e ela não caiu, porque tinha seus alicerces na rocha." Enquanto explorava as ruínas do Café dos Anjos e da casa que havia sobre ele, Chelsea ficou imaginando que sua avó estaria rindo. Sim, era fato que poucos dos pertences terrenos de Chelsea tinham sobrevivido. A não ser pelos fornos de aço inoxidável, pelo cone acústico da vitrola antiga e pela moldura chamuscada do sofá *Queen Anne* em que Lady Bird Johnson certa vez tomara um *cappuccino*, havia pouca coisa que pudesse ser reconhecida. Não obstante, as paredes grossas e pesadas, fruto de construtores de gerações anteriores, se mantinham firmes sobre as fundações rochosas do café.

Quando o avaliador do seguro chegou, ele soltou um assobio curioso.

— Você tem algo bem especial aqui.

— Obrigada por me lembrar — Chelsea respondeu.

— Não, estou falando de verdade; não é tão fácil encontrar construções assim hoje em dia.

— Assim como?

— Tenho certeza de que você sabe — disse o homem, girando a prancheta em um semicírculo querendo apontar para a área em ruínas. — Toda essa terra já pertenceu a uma antiga missão. Ela avança o Álamo.

— Foi o que minha mãe me contou. E a mãe dela também.

— Sim, mas eu suspeito que a história vá um pouco mais além — disse o avaliador, pisando fundo no chão sob eles. — Essa estrutura pode ter sido parte da missão original.

Enquanto o avaliador prosseguia com seu trabalho, Chelsea ficou vagando por entre os escombros, tentando recuperar algumas lembranças enquanto isso. Não deixava de parecer milagre o fato de algumas peças conseguirem escapar ilesas. Um cavalinho de madeira feito à mão que os pais tinham dado para Chelsea na ocasião de uma rara e feliz viagem de férias pelo México. A almofada bordada que a mãe tinha costurado anos atrás. Chelsea tornou a ler a frase estampada: *Vivendo de café e oração.*

— Belas palavras para seguir! — disse Bo com um grito de onde costumava ser a porta. — Graças a Deus que todos escaparam com vida.

— Graças a Deus por Sawyer e por Manny! — Chelsea completou ao receber um abraço apertado do vizinho.

— E como está o Manny? Eu já encontrei o restante da sua família no hospital, mas não tive a oportunidade de cumprimentá-lo ainda.

— O Manny... está bem. Ele é mesmo um anjo — Chelsea disse, sorrindo. — Mas acho que não vamos tornar a vê-lo tão cedo.

— Como?

— Ele precisou voltar para casa — Chelsea disse, desviando o olhar de Bo. Não havia explicação simples para aquele assunto.

— É incrível como a ajuda chega sempre que nós precisamos, não?

— Certamente — Chelsea respondeu.

— E qual é seu plano agora?

— Muita coisa depende dele — disse Chelsea, apontando para o avaliador. — Eu gostaria de reabrir o café. Isso se eu puder pagar o preço.

— Eu gostaria de poder ajudar em tudo que eu puder. Eu sei uma coisinha ou outra sobre construção — disse Bo, piscando. — Parece que algumas coisas podem ser reaproveitadas.

Enquanto o avaliador terminava de fazer o relatório, Chelsea e Bo vasculhavam os destroços da saleta. Infelizmente, a mesa que Bo construíra mais parecia lenha queimada que... bem... uma mesa de verdade. De qualquer modo, algumas peças do aposento ainda estavam reconhecíveis. O rosto de Diana Ross na capa do disco *Cream of the Crop*, das Supremes; o cabelo de Paul McCartney na capa de *A Hard Day's Night* e, para espanto geral, o disco favorito da mãe de

Chelsea, *Put Your Dreams Away*, pareciam ter permanecido intocados pelo fogo devastador. Ao retirar o disco das cinzas, Chelsea reparou que havia algo embaixo dele, uma inscrição no chão de pedra que havia sido enterrada por camadas de madeira e carpete, mas que agora se revelava por conta do incêndio.

— Mas quem diria! — Bo exclamou.

Chelsea afastou os escombros com os pés para revelar a inscrição em sua totalidade, uma frase sagrada indubitavelmente esculpida na fundação daquela casa pelos habitantes originais de séculos atrás. *Casa de Oración*.

Chelsea traduziu a frase em voz alta. "Casa de Oração."

Nas semanas que se seguiram, Chelsea se pegou vivendo de fato de café e oração. Tony e Sara tinham aberto as portas de sua casa para Chelsea e as crianças, o que deixava a casa lotada. Eles também eram os novos pais adotivos de Marcus Johnson, fazendo com que aquela morada tivesse um total de três adultos e cinco crianças, incluindo entre elas os gêmeos, que, agora, já começavam a engatinhar. A necessidade acabou por fortalecer os laços familiares entre eles como nunca antes. E a cada nova lembrança que surgia naquela família, Chelsea conseguia perceber a irmã cada vez mais apegada àquela casa no bairro de Lavaca.

— Eu costumava pensar que a resposta era me mudar com minha família para um bairro melhor — Sara disse para Chelsea enquanto tirava a placa de "Vende-se" do jardim.

— Agora eu quero que minha família sirva para transformar este lugar em um bairro melhor.

Sara não era a única da família que experimentava uma mudança no coração. Hancock parecia ter amadurecimento muitos anos desde o incêndio. Todos reparavam nele. Mas foi Tony quem verbalizou que o menino estava lidando com as perdas com uma maturidade que não se consegue com o tempo, mas apenas com a confiança. Chelsea sabia, sem sombra de dúvida, que a mesma luz que ela vira em sua vida habitava também em seu filho. Quando Hancock perguntou se poderia passar uma semana com o pai em Austin, Chelsea concordou, sem sequer esquentar a cabeça.

Capítulo 51

Descanso. Chelsea já estava ficando acostumada àquele estado mental. Quando o carro de Sawyer parou na rua uma semana depois, Chelsea não se deixou abater pela enxurrada de "e se" e de "lembra quando". Uma sensação surpreendente tomava conta dela. A gratidão.

— Obrigada, Sawyer — disse Chelsea, dando um beijo na testa de Hancock antes de mandar o filho para dentro de casa para separar a roupa suja.

— Eu ainda não sei por que você estava lá naquela noite, mas todos os dias eu acordo agradecendo por isso.

— Quando eu fui até o café naquela noite fiquei me perguntando se estaria cometendo um erro. Hoje sei que não estava.

Sawyer estendeu o braço para apanhar algo no banco de trás do carro.

— Eu tenho uma coisa para você — ele disse, tirando do banco um grande tubo de plástico branco. Baixando a janela, Sawyer entregou o presente para Chelsea.

— O que é isso?

— Hancock disse que você ainda estava pensando no que fazer com o café e a casa do segundo andar. Eu dei uma fuçada no arquivo público e consegui recuperar as plantas originais do Café dos Anjos. Acontece que a construção estava planejada para ter algumas fases. Espero que eu não esteja parecendo presunçoso. Só achei que isso talvez ajudasse.

— Nossa — Chelsea respondeu. — Que presente especial. Muito bem pensado.

Chelsea fez uma pausa, tomada que estava pelo sorriso de Sawyer e pelos olhos azuis que transpareciam esperança. Ela não conseguia se lembrar da última vez que tinha olhado para Sawyer sem as lentes partidas de um passado despedaçado. Seria aquela a primeira vez?

— E como está a busca por emprego? Alguma novidade?

— Na verdade eu acabei de receber uma proposta. É uma vaga para ser treinador em uma escola secundária. Lá em St. Louis.

— Nossa. St. Louis — Chelsea balançava a cabeça, deixando notar uma ponta de decepção. — Então vamos ter de ir visitar você no verão.

— Espero que sim — Sawyer suspirou.

Enquanto Sawyer manobrava o carro para partir, Chelsea ficou pesando os altos e baixos dos últimos treze anos. As lembranças dela ainda continuavam, cada uma delas, intactas e preservadas. A gravidez, o dia do casamento, a traição. Mas a dor que tais lembranças causavam tinha desaparecido, substituída pela profunda verdade. A estrada diante de Chelsea estava aberta, mas ela não precisava caminhar sozinha.

*

Sawyer já tinha percorrido dois quarteirões quando algo chamou sua atenção no espelho retrovisor. Era Chelsea. Ela corria na direção de Sawyer, os braços erguidos balançando. Sawyer parou o carro e começou a andar de ré, encontrando Chelsea no meio do caminho.

— E se eu fizer uma proposta melhor? — Chelsea perguntou, ainda recuperando o fôlego.

— Proposta melhor?

Capítulo 52

Com algumas xícaras de café, Chelsea Chambers ganhava o poder de mudar o mundo. E ela sabia disso. O relógio aproximava os ponteiros da hora de reabrir o novo e melhorado Café dos Anjos, e Chelsea ficou imaginando toda a vida que teria ali nos anos porvir. Velhos amigos se reencontrariam. Novas amizades surgiriam. Sonhos e esperanças, risadas e lágrimas, tudo aquilo seria compartilhado com uma xícara de café feito com amor e, quase sempre, uma oração.

Chelsea jamais se sentira tão em casa quanto na loja remodelada. As paredes da antiga missão restauradas e a vitrola consertada descansando na saleta celebravam a ligação da loja com o passado, enquanto a fiação industrial, as cadeiras de alumínio e as mesas descoladas acrescentavam um toque corajoso de modernidade. Chelsea sabia que sua avó Sophia ficaria orgulhosa e torceria para que os clientes gostassem tanto do visual novo quanto ela.

— Aqui, chefe, preparei uma bebida para você — Katrina disse, oferecendo uma xícara de *latte* fervendo para Chelsea. — Ainda estou um pouco enferrujada, por isso o desenho de folhas acabou virando, bem, um par de asas, acho.

Katrina ficou olhando a arte desenhada com olhar crítico.

— Para mim está perfeito — Chelsea respondeu, agradecida por ter a estrela da equipe de volta ao trabalho. Chelsea sentia falta do cabelo colorido em constante mudança e do estilo de Katrina.

— Muito bem, temos uma coisinha para você! — a voz de Bo ecoou pelo salão.

— E aí, o que você achou? — Sawyer apoiava um braço sobre os ombros de Bo quando os dois entregaram para Chelsea o mais novo trabalho manual da dupla.

— Que lindo! — Chelsea respondeu ao admirar seu mais novo móvel feito sob encomenda. — Vocês devem ter trabalhado a noite inteira nisso!

— Ah, mas você sabe como é... Quem precisa dormir? — Bo brincou.

— Tem certeza de que você não é um anjo?

De qualquer modo, Chelsea estava convencida de que o vizinho fora um presente do céu. Com a ajuda de Bo, Chelsea conseguira aproveitar cada centavo do dinheiro recebido do seguro para pagar os custos da reconstrução e também para pagar a maior parte da dívida anterior.

Com o soar do relógio, Chelsea parou para respirar com calma antes de reabrir o estabelecimento. Ao estender a mão para virar a placa que dizia "Aberto", as mãos de Chelsea encontraram as de Sawyer.

— Pode deixar conosco — ele disse, ajudando a acalmar os nervos de Chelsea.

Funcionou. Instantes depois, o sr. e a sra. Chambers abriram as portas do Café dos Anjos.

A correria matinal era a metade do que Chelsea costumava ver nos dias mais agitados do Blog de Deus. Fora aquilo, era o mesmo negócio de sempre. Com algumas exceções. Graças à Igreja da Comunidade da Fé, a jarra da gorjeta fora trocada por uma jarra de doações. A congregação de Tony tinha dado início a uma campanha para angariar fundos na loja, e corria a notícia que qualquer um da comunidade seria bem-vindo para desfrutar de uma xícara de café ou de um cupcake. Mas agora em uma casa de Deus.

Chelsea previra que a campanha atrairia um novo tipo de cliente para a loja, e ela estava certa. Naquele dia, os funcionários serviram, cheios de orgulho, dois adolescentes necessitados, um idoso veterano de guerra e uma mãe solteira com seus quatro filhos. Mas o que Chelsea não esperava era a generosidade que a mudança traria aos clientes de sempre. No fim do dia a jarra das doações estava lotada de provas de que a bondade é contagiante. Deb e seu marido prometeram dobrar o dinheiro, dólar por dólar, do total obtido na primeira semana.

Tony e seu ajudante, Marcus, aproveitaram a passada no café para apanhar um chocolate quente e encher uma enorme garrafa térmica com café para servir cinquenta amigos no bairro de Lavaca. Depois, mais tarde, a dupla voltou acompanhada de Sara e dos gêmeos e todos se aninharam na saleta, onde respondiam a eventuais perguntas feitas ao Blog de Deus com orações, conselhos e, é claro, bom humor.

— Afinal, Deus sempre responde perguntas quando se está de joelhos — disse Tony.

Chelsea também recebeu a visita da irmã Margaret, a freira do hospital. — Você encontrou o que estava procurando na capela do hospital?

Chelsea olhou em volta do café. Emily e Hancock estavam comendo cupcakes com Marcus. Sara e Tony estavam no sofá, os dois ocupados com um dos gêmeos apoiado nos joelhos enquanto conversavam com outros clientes. E também havia Sawyer. Ele entrou na saleta equilibrando quatro xícaras muito quentes.

— Não — Chelsea disse, refletindo. — Encontrei muito mais do que procurava.

— Muito bem, os desenhos chiques são obra da Katrina — Sawyer disse, entregando uma xícara para cada irmã. — Mas eu fiz o *cappuccino* — acrescentou, apontando para a menos impressionante das xícaras.

— Ah, não — disse irmã Margaret quando a espuma de chantili desabou ao primeiro gole.

Todos começaram a rir, mas ninguém ria mais que Sawyer.

— Como vocês podem ver, é o meu primeiro dia. Espero que também não seja o último — Sawyer disse, passando um braço ao redor da cintura de Chelsea.

*

Depois de colocar as crianças na cama, Sawyer escapuliu até a varanda, enquanto Chelsea passava para o outro lado do balcão para preparar uma bebida. Chelsea moeu perfeitamente uma quantidade de grãos de café, saboreando o rico perfume que inundava o ar. Ela pressionou a manivela da novíssima máquina de expresso e liberou a água fervente sobre o café moído. O leite suave e espumoso contrabalançava as doses de expresso amargo e escuro que repousavam em pequenas xícaras de porcelana.

— O que você acha de uma bebida levemente cafeinada? — Chelsea disse, entregando uma xícara para Sawyer.

— Isso é que eu chamo de *cappuccino*! — Sawyer disse depois do primeiro gole.

Chelsea sentou-se relaxada na nova cadeira de balanço e Sawyer a imitou, sentando-se ao lado.

— Muito bem, Chelsea Chambers, nós temos muito trabalho ainda pela frente.

— Mas nós vamos conseguir. Juntos — Chelsea respondeu, olhando para as estrelas. — E tenho um pressentimento de que vai ser muito bom.

Chelsea procurou a mão de Sawyer e deu um gole no *cappuccino*. A verdade era que já estava muito bom.

Capítulo 53

Samuel olhava de longe, o coração palpitando, os olhos brilhando como mil estrelas. A vista do céu era boa. Muito boa. A paisagem lá embaixo parecia mais clara do que jamais fora em décadas. Espirais de luz irrompiam pelo céu aveludado, pulsando com as orações dos santos do dia a dia. Bairros inteiros que viviam cobertos pela escuridão agora transbordavam de esperança. E quanto a Chelsea? Ela brilhava de dentro para fora.

— Parabéns pelo trabalho bem feito. Sua missão como Manny foi impressionante — disse Gabriel, sentando no melhor lugar que havia no céu. — Eu sei que não foi fácil, mas acho que valeu a pena, não acha?

— Acho que isso ainda seria dizer pouco. Quero dizer, olhe para eles! Será que poderia estar melhor?

— Acredite se quiser, mas acho que sim — disse Gabriel, sorrindo. — Você devia ter visto essa história daqui do céu.

— Eu posso imaginar! Mesmo assim, eu não trocaria isso pela minha estada na terra.

— De verdade? Eu tinha algo guardado para você, mas, se é assim que você se sente... Acho melhor não.

— O que é? — a curiosidade de Samuel fora cutucada. — Uma espada? Um disfarce melhor?

— Não, não. Parece mais com um filme.

— *O retorno de Jedi*? Porque eu nunca tive a chance de ver esse episódio.

— Ainda melhor. Esse é feito especialmente para você. Cortesia do melhor Contador de Histórias que eu conheço.

Samuel arregalou os olhos.

— Sente-se e aproveite o filme. Você mereceu — disse Gabriel, cedendo seu lugar na primeira fila de um vasto céu noturno.

Então uma imagem em movimento tomou conta da enorme tela do céu. Para a surpresa de Manny, ele conhecia o nome de todas aquelas estrelas. Diante de seus olhos passava a história de Chelsea, desde o momento em que Manny entrou pela porta do café. Mas, dessa vez, ele assistia a tudo visto do céu.

Samuel ria e chorava a cada virada do filme, tanto as visíveis quanto as invisíveis aos olhos humanos. Como anjo protetor de Chelsea, ele sabia que teria um papel de destaque e mal conseguia esperar para acompanhar a sequência daquele filme.

Perguntas para discussão

1. Na história, Samuel é o anjo protetor de Chelsea. Você acredita na possibilidade da existência de um anjo protetor? Em caso afirmativo, o que você imagina que seu anjo protetor faz em sua vida?
2. O anjo Samuel caminha pelas ruas de San Antonio como Manny, um preparador de cafés expressos especiais que ama a série *Guerra nas estrelas*. Você já encontrou alguém que pensou ser um anjo? O que fez você pensar assim?
3. No início do livro, Chelsea admite que para ela a fé não é algo fácil de lidar. O que significa viver pela fé? Por que você acha que Chelsea lutava tanto com isso?
4. Você se identifica com a luta de Chelsea? Que tipo de situação abala sua fé?
5. Chelsea diz que tem "enorme dificuldade em acreditar que o Deus de todo o universo está olhando por mim e por você. Essa ideia de que ele nos ama individualmente até que soa bem, mas também parece um conto de fadas". Por que tantas pessoas encontram dificuldade em acreditar?
6. Qual parte do amor de Deus é mais difícil para você acreditar? Por quê?
7. Tony usa uma metáfora que fala sobre café em um de seus sermões. Os ingredientes podem não ser bons individualmente, mas, reunidos, criam algo bom. Deus opera da mesma maneira, reunindo todas as coisas para o bem, conforme diz Gênesis 50:20. Que exemplos você vê dessa verdade em sua própria vida? Pense nos momentos obscuros do seu passado que Deus usou para fazer o bem.
8. 1João 4:19 diz: "Nós amamos porque ele nos amou primeiro." De que formas esse versículo fica evidente neste livro?

9. Quando Deb, a amiga de Chelsea, fala sobre a reconciliação com o marido, ela diz que o marido já a perdoou mais do que ela a si mesma. Você já sentiu isso da pessoa amada quando não conseguiu amar ou perdoar a si mesmo?
10. Em que momento da sua vida você se sentiu absolutamente sozinho? Quem ou o que ajudou você a perceber que Deus sempre esteve ao seu lado?
11. Com a ajuda de Deus, Chelsea é capaz de perdoar Sawyer, e o relacionamento deles acaba reconciliado. Você tem algum relacionamento que precisa da ajuda de Deus? O que levaria você a iniciar o processo de cura?
12. Se você tivesse acesso ao Blog de Deus, que pergunta faria a ele? Qual você acha que seria a resposta dele? Qual resposta você espera que seja?

Este livro foi impresso em 2025, pela Meta Brasil, para a Thomas
Nelson Brasil. A fonte usada no miolo é Electra corpo 11. O papel do
miolo é Avena 80g/m², e o da capa é cartão 250g/m².